MITOS GREGOS
PARA JOVENS LEITORES

Nathaniel Hawthorne

MITOS GREGOS
PARA JOVENS LEITORES

Tradução
Francisco Nunes

Principis

Esta é uma publicação Principis, selo exclusivo da Ciranda Cultural
© 2024 Ciranda Cultural Editora e Distribuidora Ltda.

Traduzido do original em inglês
A wonderful book for boys and girls

Texto
Nathaniel Hawthrone

Editora
Michele de Souza Barbosa

Tradução
Francisco Nunes

Preparação
Jéthero Cardoso

Produção editorial
Ciranda Cultural

Diagramação
Linea Editora

Revisão
Fernanda R. Braga Simon

Design de capa
Ana Dobón

Ilustrações
Vicente Mendonça

Dados Internacionais de Catalogação na Publicação (CIP) de acordo com ISBD

H399m	Hawthorne, Nathaniel
	Mitos gregos para jovens leitores / Nathaniel Hawthorne ; traduzido por Francisco Nunes. - 2. ed - Jandira, SP : Principis, 2024.
	192 p. ; 15,50cm x 22,60cm. - (Clássicos da literatura mundial).
	Título original: A wanderful book for boys and girls
	ISBN: 978-65-5097-156-4
	1. Literatura infantojuvenil. 2. Mitologia. 3. Contos. 4. História. I. Nunes, Francisco. II. Título. III. Série.
2024-1827	CDD 028.5
	CDU 82-93

Elaborado por Lucio Feitosa - CRB-8/8803

Índice para catálogo sistemático:
1. Literatura infantojuvenil 028.5
2. Literatura infantojuvenil 82-93

1ª edição em 2024
www.cirandacultural.com.br
Todos os direitos reservados.
Nenhuma parte desta publicação pode ser reproduzida, arquivada em sistema de busca ou transmitida por qualquer meio, seja ele eletrônico, fotocópia, gravação ou outros, sem prévia autorização do detentor dos direitos, e não pode circular encadernada ou encapada de maneira distinta daquela em que foi publicada, ou sem que as mesmas condições sejam impostas aos compradores subsequentes.

Esta obra reproduz costumes e comportamentos da época em que foi escrita.

SUMÁRIO

PREFÁCIO 7

A CABEÇA DA GÓRGONA 9

Varanda de Tanglewood: introdução a "A cabeça da górgona"................11

A cabeça da Górgona 16

Varanda de Tanglewood: depois da história 41

O TOQUE DOURADO................................43

Riacho Sombrio: introdução a "O Toque Dourado" 45

O Toque Dourado................................49

Riacho Sombrio: depois da história 68

O PARAÍSO DAS CRIANÇAS................................71

Quarto de brinquedos de Tanglewood: introdução a "O paraíso das crianças"................73

O paraíso das crianças................................77

Quarto de brinquedos de Tanglewood: depois da história 95

AS TRÊS MAÇÃS DE OURO................................97

Lareira de Tanglewood: introdução a "As três maçãs de ouro"................99

As três maçãs de ouro................................105

Lareira de Tanglewood: depois da história................127

O JARRO MIRACULOSO................................ 131

Encosta da colina: introdução a "O jarro miraculoso" 133

O jarro miraculoso 136

Encosta da colina: depois da história................157

A QUIMERA................................ 159

Topo da montanha: introdução a "A Quimera" 161

A Quimera 164

Topo da montanha: depois da história................188

Prefácio

Há bastante tempo, o autor tem a opinião de que muitos dos mitos clássicos poderiam tornar-se uma excelente leitura para crianças. Neste pequeno livro, oferecido ao público, trabalhou em meia dúzia deles com esse objetivo em vista. Ter grande liberdade de tratamento das histórias era necessário para seu plano; no entanto, será observado por todos que tentarem tornar essas lendas maleáveis em sua fornalha intelectual que elas são maravilhosamente independentes de todos os modos e circunstâncias temporários. Elas permanecem essencialmente as mesmas, mesmo após mudanças que afetariam a identidade de quase qualquer outra coisa.

Portanto, ele não se declara culpado de um sacrilégio por ter, às vezes, remodelado as formas já consagradas por uma antiguidade de dois ou três mil anos, de acordo com sua fantasia. Nenhuma época pode reivindicar direitos autorais sobre essas fábulas imortais. Elas parecem nunca ter sido criadas; e certamente, enquanto o homem existir, certamente nunca perecerão. Por sua própria indestrutibilidade, elas são temas legítimos para que todas as épocas as vistam com suas próprias roupagens de maneiras e sentimentos e as impregnem de sua própria moralidade. Na presente versão, elas podem ter perdido muito de seu aspecto clássico (ou, pelo menos, o autor não teve o cuidado de preservá--lo) e talvez tenham assumido uma aparência gótica ou romântica.

Ao realizar essa agradável tarefa (pois foi realmente uma tarefa adequada ao clima quente e uma das mais agradáveis, do tipo literário, que ele já empreendeu), o autor nem sempre achou necessário simplificar a linguagem para atender à compreensão das crianças. De modo geral, ele permitiu que o tema se elevasse, sempre que esta fosse a tendência, e quando ele próprio estava suficientemente animado para segui-la sem esforço. As crianças possuem uma inestimável sensibilidade ao que é profundo ou elevado, na imaginação ou no sentimento, desde que seja igualmente simples. Somente o artificial e o complexo as confundem.

Lenox, 15 de julho de 1851.

A CABEÇA DA GÓRGONA

Varanda de Tanglewood: introdução a "A cabeça da górgona"

Debaixo da varanda da grande casa de campo Tanglewood, numa bela manhã de outono, estava reunida uma alegre turma de crianças, com um jovem alto no meio delas. Tinham planejado uma expedição para colher nozes e estavam esperando impacientemente que a neblina se dissipasse das encostas das colinas e o sol aquecesse os campos, pastagens e recantos do bosque multicolorido. O dia prometia ser tão belo como nenhum outro, alegrando ainda mais este nosso mundo lindo e confortável. No entanto, a neblina da manhã cobria todo o vale, acima do qual, em uma colina levemente inclinada, a mansão estava.

Essa massa de vapor branco se estendia a menos de cem metros da casa. Ela escondia completamente tudo além dessa distância, exceto algumas copas de árvores avermelhadas ou amareladas, que emergiam aqui e ali e brilhavam sob a luz do sol, assim como a imensa superfície da neblina. A cerca de seis ou sete quilômetros ao sul, o cume da Montanha Monumento surgia e parecia flutuar em uma nuvem. Cerca de vinte e cinco quilômetros adiante, na mesma direção, avistava-se o majestoso Domo das Tacônicas, parecendo azul e indistinto, com certeza tão sólido quanto o mar de vapor que quase o envolvia. As colinas mais próximas, que contornavam o vale, estavam parcialmente submersas e salpicadas com pequenas grinaldas de nuvens até o topo. No geral, havia tantas nuvens e tão pouca terra firme que toda a cena parecia ser uma visão.

As crianças mencionadas, tão cheias de vida, continuavam a sair da varanda de Tanglewood, correndo ao longo do caminho de cascalho ou pelas ervas orvalhadas do gramado. É difícil dizer quantas delas estavam ali; no mínimo nove ou dez, mas não mais do que uma dúzia. Eram de diferentes tipos, tamanhos e idades, meninas e meninos. Eram irmãos, irmãs e primos, acompanhados por alguns de seus jovens amigos, que haviam sido convidados pelo senhor e pela senhora Pringle para desfrutar do clima agradável com seus filhos em Tanglewood. Por questões de precaução, tenho receio de mencionar seus nomes verdadeiros ou mesmo utilizar nomes que já tenham sido atribuídos a outras crianças, pois sei que os autores às vezes enfrentam problemas ao acidentalmente dar o nome de pessoas reais aos personagens de seus livros. Por esse motivo, pretendo chamá-los de Prímula, Pervinca, Samambaia, Dente-de-leão, Miosótis, Trevo, Mirtilo, Primavera, Flor de Abóbora, Dona-joana, Banana-da-terra e Ranúnculo. Embora esses títulos sejam mais adequados para um grupo de fadas do que para uma turma de crianças terrenas.

Não se deve supor que essas crianças tivessem permissão de seus cuidadosos pais, mães, tios, tias ou avós para se aventurarem pelos bosques e campos sem a supervisão de uma pessoa mais velha e responsável. Ah, não, de jeito nenhum! Você se lembrará de que, na primeira frase do meu livro, mencionei um jovem alto que estava no meio das crianças.

Seu nome (e eu revelarei seu nome verdadeiro, pois ele considera uma grande honra compartilhar as histórias que estão escritas aqui) era Eustáquio da Luz. Ele era aluno da Faculdade Williams e, naquela época, tinha alcançado a respeitável idade de dezoito anos, o que o fazia sentir-se como um avô em relação a Pervinca, Dente-de-leão, Mirtilo, Flor de Abóbora, Dona-joana e as demais, que tinham apenas metade ou um terço da sua idade. Um problema de visão (que muitos estudantes acham necessário ter hoje em dia para provar que são dedicados aos estudos) o impediu de frequentar a faculdade por uma ou duas semanas após o início do semestre. Mas, de minha parte, raramente encontrei um par de olhos que parecesse enxergar mais longe ou melhor do que os de Eustáquio da Luz.

Esse dedicado estudante era esbelto e um tanto pálido, como todos os estudantes americanos, mas tinha uma aparência saudável e era ágil e leve como se tivesse asas nos sapatos. Aliás, sendo um entusiasta a atravessar riachos e percorrer prados, ele estava usando botas de couro para a expedição. Vestia uma blusa de linho, um boné de tecido e óculos verdes, que ele provavelmente adotou mais pela dignidade que conferiam ao seu rosto do que pela necessidade de proteger os olhos. De qualquer forma, ele poderia muito bem ter deixado os óculos de lado, já que Mirtilo, uma pequena e travessa sílfide, sorrateiramente se aproximou de Eustáquio quando ele se sentou nos degraus da varanda, tirou os óculos do seu nariz e os colocou em si mesma. E, como o estudante se esqueceu de pegá-los de volta, eles caíram na grama e permaneceram lá até a primavera seguinte.

Bem, certamente você deve saber que Eustáquio da Luz ganhou grande reputação entre as crianças como contador de histórias maravilhosas. Embora às vezes fingisse ficar irritado quando elas o importunavam pedindo mais e mais histórias, duvido que ele gostasse de algo tanto quanto contar histórias para elas. Tenho certeza de que você poderia ter visto o brilho em seus olhos quando Trevo, Samambaia, Primavera, Ranúnculo e a maioria de seus coleguinhas lhe pediram que contasse uma de suas histórias enquanto esperavam a névoa se dissipar.

– Sim, primo Eustáquio – disse Prímula, uma garota esperta de doze anos, com olhos risonhos e um nariz levemente arrebitado –, com certeza, a manhã é o melhor momento para as histórias com as quais você costuma testar nossa paciência. Dessa forma, corremos menos risco de ferir seus sentimentos ao adormecer nos pontos mais interessantes, como a pequena Primavera e eu fizemos ontem à noite!

– Prímula, sua danada! – exclamou Primavera, uma criança de seis anos. – Eu não dormi, apenas fechei os olhos para imaginar o que o primo Eustáquio estava contando. As histórias dele são tão boas que podemos sonhar com elas enquanto dormimos à noite e, de manhã cedo, podemos continuar sonhando acordados. Então, espero que ele nos conte uma história agora mesmo.

– Obrigado, minha Primaverinha! – exclamou Eustáquio. – Com certeza você vai ouvir a melhor história em que eu puder pensar, especialmente por você ter-me defendido tão bem daquela danada da Prímula. Mas, crianças, já contei tantos contos de fadas que duvido que haja algum que vocês não tenham ouvido pelo menos duas vezes. Tenho receio de que vocês acabem dormindo de verdade se eu repetir algum deles mais uma vez.

– Não, não, não! – gritaram Miosótis, Pervinca, Banana-da-terra e mais meia dúzia delas. – Nós gostamos ainda mais de uma história depois de tê-la ouvido duas ou três vezes.

E é verdade, quando se trata de crianças, que uma história muitas vezes deixa marca ainda mais profunda em seu interesse, não apenas com duas ou três repetições, mas com inúmeras delas. No entanto, Eustáquio da Luz, na exuberância de suas qualidades, desprezou uma vantagem que um contador de histórias mais experiente teria aproveitado com prazer.

– Seria realmente uma pena – disse ele – se um homem com a minha instrução (para não falar da minha própria imaginação) não pudesse encontrar uma nova história todos os dias, ano após ano, para crianças como vocês. Então, vou contar uma das histórias infantis que foram criadas para divertir nossa grande e idosa bisavó, a Terra, quando ela ainda era uma criança e vestia vestidos e babadores. Existem centenas dessas histórias, e fico surpreso que elas ainda não tenham sido colocadas em livros ilustrados para meninas e meninos. Mas, em vez disso, velhos avôs de barba grisalha as estudam em livros empoeirados em grego antigo, tentando desvendar quando, como e por que foram criadas.

– Está bem, está bem, está bem, primo Eustáquio! – gritaram todas as crianças ao mesmo tempo. – Não fique falando sobre suas histórias, comece logo!

– Então, sentem-se, almas sem sossego – disse Eustáquio da Luz –, e fiquem todas bem quietas, como ratinhos. Se houver a menor interrupção, seja da grande e danada Prímula, seja do pequeno Dente-de-leão ou de qualquer outro, vou cortar a história pela metade com meus dentes e engolir a parte que não contei. Mas, antes de começar, algum de vocês sabe o que é uma górgona?

– Eu sei! – disse Prímula.

– Então, mantenha essa boquinha fechada! – replicou Eustáquio, que preferia que ela não soubesse nada sobre o assunto. – Todos vocês, fechem a boquinha, e vou contar uma história encantadora e cativante sobre a cabeça de uma górgona.

E foi exatamente o que ele fez, como você poderá ler a partir da próxima página. Exercitando sua erudição intelectual com bastante cuidado e devendo muitos favores ao professor Antônio, ele, no entanto, ignorou todas as autoridades clássicas sempre que a audácia dispersiva de sua imaginação o impeliu a fazê-lo.

A cabeça da Górgona

Perseu era filho de Dânae, que era filha de um rei. Quando Perseu era ainda uma criança, algumas pessoas más puseram ele e sua mãe em um baú e o lançaram ao mar. O vento soprava suavemente e levava o baú para longe da costa, enquanto as ondas inquietas o jogavam para cima e para baixo. Enquanto isso, Dânae segurava seu filho contra o peito e temia que uma grande onda os atingisse com sua espuma. No entanto, o baú navegou sem afundar ou virar, até que, quando a noite estava se aproximando, ele flutuou tão perto de uma ilha que ficou preso nas redes de um pescador e foi puxado para a areia. A ilha era chamada de Sérifo e era governada pelo rei Polidecto, que coincidentemente era o irmão do pescador.

Fico feliz em dizer que esse pescador era um homem extremamente humano e íntegro. Ele mostrou grande bondade a Dânae e seu filhinho e continuou sendo amigo deles até que Perseu se tornasse um jovem bonito, muito forte, ativo e habilidoso no uso de armas. Muito antes desse tempo, o rei Polidecto havia avistado os dois estrangeiros (a mãe

16

e o filho) que haviam chegado ao seu domínio em um baú flutuante. Como ele não era bom nem gentil como seu irmão, o pescador, mas extremamente perverso, decidiu enviar Perseu para uma missão perigosa, na qual provavelmente seria morto, e depois fazer uma grande maldade a Dânae. Portanto, esse rei de coração malévolo passou um longo tempo pensando em qual seria a tarefa mais perigosa que um jovem poderia se comprometer a realizar. Por fim, tendo imaginado uma empreitada que prometia ser tão fatal quanto desejava, ele chamou o jovem Perseu.

O jovem chegou ao palácio e encontrou o rei sentado em seu trono.

– Perseu – disse o rei Polidecto, sorrindo astuciosamente para ele –, você cresceu e se tornou um jovem muito bonito. Você e sua boa mãe receberam muita bondade de mim e de meu digno irmão, o pescador, e suponho que não se negaria a retribuir um pouco disso.

– Para agradar a Vossa Majestade – respondeu Perseu –, eu arriscaria minha vida de bom grado.

– Bem, então – continuou o rei, ainda com um sorriso astuto nos lábios –, tenho uma pequena aventura para lhe propor. E, como você é um jovem corajoso e destemido, sem dúvida verá que ter uma oportunidade tão especial assim de se distinguir é tirar a sorte grande. Você deve saber, meu bom Perseu, que penso em me casar com a bela princesa Hipodâmia, e é habitual, nessas ocasiões, dar à noiva um presente que seja, de algum modo, uma curiosidade rebuscada e elegante. Estou um pouco desorientado, devo confessar com honestidade, sobre onde obter alguma coisa que possa agradar a uma princesa de gosto requintado. Mas, nesta manhã, eu me deleito em dizer, pensei no artigo exato.

– E posso auxiliar Vossa Majestade a obter tal coisa? – exclamou Perseu, ansioso.

– Você pode, se for um jovem tão corajoso quanto eu acredito que seja – respondeu o rei Polidecto, com a máxima graciosidade. – O presente nupcial que coloquei no coração dar à bela Hipodâmia é a cabeça da Górgona Medusa, com as mechas de serpente, e dependo de você, meu querido Perseu, para trazê-la para mim. Então, como estou ansioso para acertar-me com a princesa, quanto mais cedo você sair em busca da Górgona, mais satisfeito ficarei.

– Partirei amanhã de manhã – respondeu Perseu.

– Por favor, meu galante jovem – replicou o rei. – E, Perseu, ao cortar a cabeça da Górgona, tenha o cuidado de dar um golpe certeiro, para não prejudicar a aparência dela. Você deve trazê-la para casa nas melhores condições, para se adequar ao gosto requintado da bela princesa Hipodâmia.

Perseu deixou o palácio, e, assim que ele tinha se afastado o suficiente para não ouvir, Polidecto caiu na risada. Como era um rei muito perverso, estava achando divertido ver com que rapidez o jovem havia caído na armadilha. A notícia de que Perseu se comprometera a cortar a cabeça da Medusa com as mechas de serpente logo se espalhou para todo lado. Todos ficaram alegres, pois a maioria dos habitantes da ilha era tão perversa quanto o rei e também não acharia nada melhor do que ver uma enorme desgraça acontecer com Dânae e seu filho. O único homem bom na infeliz ilha de Sérifo parecia ser o pescador. Enquanto Perseu caminhava, as pessoas apontavam para ele, faziam caretas, piscavam umas para as outras e o ridicularizavam tão alto quanto ousavam.

– Rá, rá! – gritavam todas elas. – As serpentes de Medusa vão picá-lo todinho!

Bem, naquela época, três Górgonas estavam vivas, e elas eram os monstros mais estranhos e terríveis que já existiram desde que o mundo foi criado, ou que foram vistos nos dias que se seguiram à Criação, ou que provavelmente jamais serão vistos em todos os tempos futuros. Não sei ao certo que tipo de criatura ou de assombração elas eram. Elas

MITOS GREGOS PARA JOVENS LEITORES

eram três irmãs e pareciam ter alguma distante semelhança com mulheres, mas, na verdade, eram uma espécie de dragão muito assustador
e maligno. É realmente difícil imaginar que tipo de seres horrendos
essas três irmãs eram, porque, em vez de terem mechas de cabelo, se
vocês acreditarem no que eu falo, cada uma delas tinha uma centena
de serpentes enormes crescendo na cabeça, todas vivas, mexendo-se,
contorcendo-se, insinuando-se e mostrando suas línguas venenosas
bifurcadas nas pontas! Os dentes das Górgonas eram presas terrivelmente longas, suas mãos eram de bronze, e seus corpos eram revestidos
de escamas que, se não eram de ferro, eram de algum material tão duro
e impenetrável quanto isso. Elas também tinham asas extremamente
esplêndidas, posso lhes garantir, pois todas as penas nelas eram de ouro
puro, brilhante, cintilante e polido, e pareciam muito deslumbrantes,
sem dúvida, quando as Górgonas voavam ao sol.

Mas, quando acontece de as pessoas vislumbrarem o brilho cintilante
delas, lá em cima no ar, raramente param a fim de olhar, mas correm e
se escondem o mais rápido que podem. Talvez vocês pensem que elas
tinham medo de serem picadas pelas serpentes que as Górgonas tinham
no lugar dos cabelos, ou de terem a cabeça arrancada por suas horrendas presas ou de serem rasgadas em pedaços por suas garras. Bem, com
certeza, esses eram alguns dos perigos, mas de maneira alguma eram os
maiores ou os mais difíceis de evitar. A pior coisa sobre essas abomináveis Górgonas era que, se por acaso um pobre mortal fixasse os olhos
no rosto de uma delas, ele seria, certamente, naquele mesmo instante,
transformado de carne e sangue quentes em pedra fria e sem vida!

Assim, como vocês já devem ter facilmente percebido, foi uma aventura muito perigosa que o perverso rei Polidecto planejou para esse
jovem inocente. O próprio Perseu, ao pensar sobre o assunto, só pôde
concluir que tinha muito poucas chances de passar pela empreitada

com segurança e que era muito mais provável que ele se tornasse uma estátua de pedra do que conseguir pegar a cabeça da Medusa com suas mechas de serpente. Afinal, além das outras dificuldades, havia uma que teria intrigado um homem mais velho que Perseu sobre como a superar. Ele não precisava apenas lutar e matar esse monstro de asas douradas, escamas de ferro, presas longas, garras de bronze e cabelos de serpente, mas precisava fazer isso com os olhos fechados, ou, pelo menos, sem olhar nem um pouquinho para o inimigo com quem estava lutando. Caso contrário, ao levantar o braço para golpear, ele se endureceria, tornando-se pedra, e ficaria com o braço erguido por séculos, até que o passar do tempo, do vento e das estações o desintegrasse. Seria algo muito triste se isso acontecesse com um jovem que desejava realizar muitos atos corajosos e desfrutar de muita felicidade neste mundo radiante e bonito.

Esses pensamentos deixaram Perseu tão desconsolado que ele não aguentou e contou à mãe o que se tinha se comprometido a fazer. Por isso, ele pegou seu escudo, cingiu sua espada e nadou da ilha até o continente. Lá, sentou-se em um lugar solitário e mal conseguiu impedir as lágrimas de se derramarem.

Mas, enquanto ele estava nesse estado de profunda tristeza, ouviu uma voz próxima a ele.

– Perseu – disse a voz –, por que você está tão triste?

Ele levantou a cabeça, que havia escondido entre as mãos, e, para sua surpresa, avistou um estranho naquele lugar solitário. Era um jovem de aparência alegre, inteligente e extraordinariamente astuta, com uma capa sobre os ombros, um tipo peculiar de boné na cabeça, um cajado estranhamente retorcido na mão e uma espada curta e muito curva pendurada na cintura. Ele parecia ser extremamente ágil e leve, como alguém familiarizado com exercícios de ginástica e capaz de saltar ou correr com facilidade. Acima de tudo, o estranho emanava uma alegria, sabedoria e prestatividade notáveis (embora um pouco travesso também), o que fez Perseu se sentir mais animado ao vê-lo. Além disso, como um jovem corajoso, Perseu sentiu-se envergonhado por ter sido flagrado com lágrimas nos olhos, como um garotinho tímido, pois não havia motivo para desespero. Então, Perseu enxugou os olhos e respondeu rapidamente ao estranho, fazendo a cara mais corajosa que pôde.

– Não estou tão triste – disse ele –, apenas pensativo sobre uma aventura em que me meti.

– Oh! – respondeu o estranho. – Bem, conte-me tudo sobre isso, e pode ser que eu esteja a seu serviço. Ajudei muitos jovens em aventuras que pareciam muito difíceis antes. Talvez você tenha ouvido falar de mim. Eu tenho vários nomes, mas Azougue combina comigo como qualquer um dos outros. Diga-me qual é o problema, discutiremos o assunto e veremos o que pode ser feito.

As palavras e os modos do estranho fizeram Perseu sentir-se com um estado de espírito bastante diferente do anterior. Ele resolveu contar a Azougue todas as suas dificuldades, já que não poderia ficar pior do que já estava, e, talvez, seu novo amigo poderia lhe dar conselhos que resolveriam a situação. Ele, então, contou ao estranho, em poucas palavras, exatamente qual era o caso: o rei Polidecto desejava a cabeça de Medusa com as mechas de serpente como presente de noivado para a bela princesa Hipodâmia, e ele se comprometera com o rei a conseguir isso para ele, mas temia ser transformado em pedra.

– E isso seria uma grande pena – disse Azougue, com um sorriso travesso. – Você seria uma estátua de mármore muito bonita, é verdade, e se levaria um número considerável de séculos até se desfazer. Mas, em geral, as pessoas preferem ser jovens por apenas alguns anos a ser uma imagem de pedra por muito tempo.

– Oh, prefiro! – exclamou Perseu, com lágrimas novamente nos olhos. – Além disso, o que minha querida mãe faria se seu amado filho fosse transformado em pedra?

– Bem, bem, esperemos que a coisa não termine tão mal assim – respondeu Azougue, em tom encorajador. – Se alguém pode ajudar você, eu sou a pessoa certa. Minha irmã e eu faremos o possível para mantê-lo em segurança durante a aventura, por mais feia que a coisa toda pareça agora.

– Sua irmã? – Perseu repetiu.

– Sim, minha irmã – disse o estranho. – Ela é muito sábia, eu lhe garanto. E, quanto a mim, sou geralmente bastante ajuizado. Se você agir com coragem e cautela e seguir nossos conselhos, não precisará temer tornar-se uma estátua de pedra tão cedo. Mas, antes de tudo, você precisa polir seu escudo, até que possa ver seu rosto nele tão claramente como em um espelho.

Para Perseu, aquilo pareceu um começo bem estranho para a aventura, pois achava mais importante que o escudo fosse forte o suficiente para protegê-lo das garras de bronze da Górgona do que ser brilhante o suficiente para refletir seu rosto. No entanto, depois de perceber que Azougue sabia mais do assunto do que ele, Perseu começou a trabalhar imediatamente, esfregando o escudo com diligência e empenho, até que ele brilhasse como a lua na época da colheita. Azougue olhou para o resultado com um sorriso e balançou a cabeça em aprovação. Em seguida, ele tirou a própria espada curta e curva e a colocou na cintura de Perseu, substituindo a que ele estava usando.

– Nenhuma espada, exceto a minha, servirá para o seu propósito – observou ele. – A lâmina tem uma excelente têmpera e cortará ferro e bronze tão facilmente quanto o galho mais fino. E, agora, vamos partir. O próximo passo é encontrar as Três Mulheres Grisalhas, que nos dirão onde encontrar as ninfas.

– As Três Mulheres Grisalhas! – bradou Perseu, vendo isso como apenas mais uma dificuldade em seu caminho. – Mas quem são as Três Mulheres Grisalhas? Nunca ouvi falar delas.

– São três velhas senhoras bastante peculiares – disse Azougue, rindo. – Elas possuem apenas um olho e um único dente, que compartilham entre si. Além disso, você deve encontrá-las à luz das estrelas ou no crepúsculo, pois nunca se mostram sob a luz do sol ou da lua.

– Mas – disse Perseu – por que eu deveria perder meu tempo com essas Três Mulheres Grisalhas? Não seria melhor sair imediatamente em busca das terríveis Górgonas?

– Não, não – respondeu seu amigo. – Há outras coisas a serem feitas antes de você chegar até as Górgonas. Não há alternativa senão procurar essas senhoras, e, quando as encontrarmos, você pode ter certeza de que as Górgonas não estarão muito longe. Vamos, mexa-se!

A essa altura, Perseu estava tão confiante na sagacidade de seu companheiro que não fez mais objeções e se declarou pronto para começar a aventura imediatamente. Eles partiram e caminharam em um ritmo bastante acelerado, tão acelerado que Perseu descobriu ser muito difícil acompanhar o ágil Azougue. Na verdade, ele começou a pensar que Azougue estava usando sapatos com asas, o que, é claro, o ajudava maravilhosamente. Quando Perseu olhou de soslaio para ele, pensou ter visto asas saindo de cada lado da cabeça do amigo; no entanto, ao olhar com mais atenção, percebeu que não havia nada além de um estranho tipo de boné. De qualquer forma, o cajado retorcido era evidentemente muito útil para Azougue, permitindo-lhe avançar tão rápido que Perseu, embora fosse um jovem bastante ativo, começou a ficar sem fôlego.

– Aqui! – exclamou Azougue, finalmente, pois, espertalhão como era, sabia muito bem o quão difícil era para Perseu acompanhá-lo. – Pegue o cajado, pois você precisa dele muito mais do que eu. Não há melhores caminhantes do que você na ilha de Sérifo?

– Eu poderia andar muito bem – disse Perseu, olhando maliciosamente para os pés do companheiro –, se eu também tivesse sapatos com asas.

– Precisamos conseguir um par para você – respondeu Azougue.

Mas o cajado tanto ajudou Perseu a prosseguir que ele não sentiu mais o menor cansaço. Na verdade, o cajado em sua mão parecia estar vivo e emprestar parte de sua energia a Perseu. Agora, eles caminhavam despreocupados, conversando amigavelmente. Azougue compartilhava diversas histórias agradáveis sobre suas aventuras anteriores e como sua inteligência havia sido útil em várias ocasiões. Perseu começou a considerá-lo uma pessoa realmente maravilhosa. De fato, Azougue tinha um vasto conhecimento do mundo, e para um jovem não há nada mais fascinante do que ter um amigo com esse tipo de sabedoria. Perseu ouvia tudo com entusiasmo, na esperança de ampliar seu próprio conhecimento com o que estava sendo compartilhado.

Por fim, ele se lembrou de que Azougue havia mencionado sua irmã, que deveria ajudá-los na aventura em que estavam envolvidos.

– Onde ela está? – perguntou. – Vamos encontrá-la em breve?

– Tudo no devido tempo – respondeu seu companheiro. – Mas você deve entender que minha irmã é bem diferente de mim. Ela é muito séria e prudente, raramente sorri e nunca ri. Ela adotou a regra de só pronunciar uma palavra se tiver algo particularmente profundo para dizer. E ela só presta atenção a conversas sábias.

– Caramba! – exclamou Perseu. – Vou ter medo de dizer qualquer coisa.

– Ela é extremamente talentosa, garanto – continuou Azougue. – Tem conhecimento em todas as artes e ciências. Em resumo, ela é tão excepcionalmente sábia que muitas pessoas a chamam de personificação da sabedoria. Mas, para ser sincero, ela não é tão animada quanto eu gostaria e acho que você dificilmente a acharia uma companhia de viagem tão agradável quanto eu. Ela tem suas qualidades, no entanto, e você se beneficiará com elas quando encontrar as Górgonas.

A essa altura, a noite havia caído e a escuridão prevalecia. Eles haviam chegado a um lugar selvagem e deserto, coberto de arbustos desalinhados. Era tão silencioso e solitário que parecia que ninguém jamais havia habitado ou viajado por ali. Tudo estava em ruínas e desolação naquele crepúsculo cinzento, que se tornava cada vez mais sombrio a cada momento. Perseu olhou ao redor, desanimado, e perguntou a Azougue se ainda teriam que caminhar muito.

– Shhhhh! Shhhhh! – sussurrou seu companheiro. – Não faça barulho! Essa é a hora e esse é o lugar para encontrar as Três Mulheres Grisalhas. Tenha cuidado para que elas não o vejam antes que você as veja, pois, embora tenham apenas um olho para as três, ele enxerga tão bem quanto uma meia dúzia de olhos comuns.

– Mas o que devo fazer – perguntou Perseu – no momento em que as encontrarmos?

Azougue explicou a Perseu o que as Três Mulheres Grisalhas faziam com aquele único olho. Ao que parece, elas costumavam passá-lo de uma para outra, como se fosse um par de óculos, ou (o que, no caso delas, seria mais adequado) um monóculo. Quando uma das três já tinha ficado com o olho por certo tempo, ela o retirava do lugar e o passava para uma de suas irmãs, que era a próxima na ordem, e essa irmã imediatamente o colocava na própria cabeça, aproveitando para dar uma espiada no mundo visível. Assim, é fácil entender que apenas uma das Três Mulheres Grisalhas podia enxergar, enquanto as outras duas permaneciam na escuridão total. Além disso, enquanto o olho passava de mão em mão, nenhuma das pobres velhas senhoras conseguia ver nem por um instante. Eu já tinha ouvido falar de muitas coisas estranhas e testemunhado uma porção delas, mas parece-me que nenhuma podia ser comparada à estranheza dessas Três Mulheres Grisalhas, todas espiando através de um único olho.

Perseu compartilhava do mesmo pensamento e estava tão perplexo que quase suspeitou que seu companheiro estivesse zombando dele e que não existiam mulheres tão idosas no mundo.

– Você logo descobrirá se digo a verdade ou não – Azougue observou. – Ouça! Silêncio! Shhh! Shhh! Lá vêm elas, agora!

Perseu observou atentamente através do crepúsculo vespertino e, a distância, avistou as Três Mulheres Grisalhas. A luz era muito fraca, dificultando distinguir bem como as figuras eram, mas ele percebeu que elas tinham longos cabelos grisalhos. Conforme elas se aproximaram, ele notou que duas delas tinham apenas um buraco vazio no meio da testa, onde deveria estar o olho. Mas no meio da testa da terceira irmã, havia um olho grande, brilhante e penetrante, que brilhava como um grande diamante em um anel. Ele parecia tão penetrante que Perseu não pôde deixar de pensar que devia possuir o dom de ver na mais escura meia-noite tão perfeitamente quanto ao meio-dia. Era como se a visão dos três olhos tivesse se fundido e se unido naquele único olho.

Assim, as três senhoras avançavam juntas com muita tranquilidade, como se pudessem enxergar ao mesmo tempo. Aquela que possuía o olho na testa guiava as outras duas segurando-as pelas mãos, mantendo seu olhar atento ao redor o tempo todo. Perseu temia que ela pudesse enxergar através da densa vegetação de arbustos, atrás dos quais ele e Azougue se escondiam. Com certeza, era assustador estar ao alcance de um olho tão penetrante!

No entanto, antes de chegarem ao mato, uma das Três Mulheres Grisalhas falou:

MITOS GREGOS PARA JOVENS LEITORES

– Irmã! Irmã Espantalho! – gritou ela. – Você já ficou com o olho por tempo suficiente. É minha vez agora!

– Deixe-me ficar só mais um momento, Irmã Pesadelo – respondeu Espantalho. – Acho que vislumbrei alguma coisa por trás daquele arbusto.

– Bem, e daí? – retorquiu Pesadelo, irritada. – Por acaso, eu não consigo enxergar um arbusto espesso tão bem quanto você? O olho é meu tanto quanto é seu, e eu sei usá-lo tanto quanto você, ou talvez até um pouco melhor. Eu insisto em dar uma olhada imediatamente!

Nesse momento, porém, a terceira irmã, cujo nome era Treme-Junta, começou a reclamar e disse que era a vez dela de usar o olho e que Espantalho e Pesadelo queriam tudo para elas. Para encerrar a disputa, a velha senhora Espantalho tirou o olho da testa e o segurou na mão.

– Peguem, uma de vocês, exclamou ela –, e parem com essa briga idiota. Da minha parte, vou ficar feliz com um pouco de densa escuridão. Ou pegam logo ou vou colocá-lo na minha cabeça de novo!

Assim, Pesadelo e Treme-Junta estenderam as mãos, tateando nervosamente para pegar o olho da mão de Espantalho. No entanto, sendo ambas cegas, não conseguiam encontrar a mão de Espantalho. E esta, por sua vez, estando agora tão no escuro quanto as outras duas, não conseguia encontrar nenhuma das mãos para colocar o olho. Dessa forma (como vocês podem ver, com um olho só, meus pequenos e sábios ouvintes), essas boas senhoras haviam caído em uma estranha complicação. Pois, embora o olho brilhasse e resplandecesse como uma estrela enquanto Espantalho o segurava, ainda assim as Mulheres Grisalhas não conseguiam captar o menor vislumbre de sua luz e estavam as três em escuridão total, por mais que, muito impacientes, desejassem ver.

Azougue estava se divertindo tanto ao ver Treme-Junta e Pesadelo procurando pelo olho, e cada uma delas se queixando de Espantalho e uma da outra, que ele quase não conseguia evitar de rir alto.

– Agora é sua chance! – sussurrou ele para Perseu. – Rápido, rápido! Antes que elas consigam colocar o olho em qualquer uma das cabeças. Corra até as velhinhas e arranque-o da mão de Espantalho!

Em um instante, enquanto as Três Mulheres Grisalhas ainda se xingavam, Perseu saltou de trás dos arbustos e se apoderou do prêmio. Perseu segurava o olho maravilhoso em sua mão, e este brilhava intensamente, parecendo olhar para o seu rosto como se o conhecesse, com uma expressão que quase piscaria, se tivesse um par de pálpebras. No entanto, as Três Mulheres Grisalhas não tinham conhecimento do que havia acontecido. Cada uma delas presumia que uma das irmãs estava com o olho e, assim, recomeçaram a brigar entre si. Perseu, porém, não desejava deixar essas respeitáveis senhoras em uma situação mais constrangedora do que o necessário, então achou correto esclarecer a situação.

– Minhas boas senhoras – disse ele –, não há motivo para ficarem com raiva uma da outra. Se alguém é o culpado, sou eu mesmo, pois tenho a honra de segurar em minha mão o olho de vocês, tão brilhante e excelente!

– Você! Você está com o nosso olho! E quem é você? – gritaram as Três Mulheres Grisalhas ao mesmo tempo, pois ficaram terrivelmente assustadas ao ouvir uma voz estranha e descobrir que a sua visão havia caído nas mãos de alguém que não conseguiam identificar. – Oh, o que devemos fazer, irmãs? O que devemos fazer? Estamos todas no escuro! Devolva-nos nosso olho! Dê-nos nosso único, precioso e solitário olho! Você tem os seus dois! Dê-nos nosso olho!

– Diga a elas – cochichou Azougue a Perseu – que terão o olho de volta assim que indicarem a você o caminho para encontrar as ninfas que possuem as sandálias voadoras, o estojo mágico e o elmo da escuridão.

– Minhas boas e admiráveis senhoras – disse Perseu, dirigindo-se às Mulheres Grisalhas –, não há motivo para ficarem tão assustadas. Eu não sou, de modo algum, um jovem mal-intencionado. Vocês terão seu olho de volta, seguro e brilhante como sempre, assim que me disserem onde posso encontrar as ninfas.

– As ninfas! Credo! Irmãs, de que ninfas ele está falando? – gritou Espantalho. – Dizem que existem muitas ninfas por aí: algumas caçam na floresta, outras vivem dentro de árvores e algumas têm uma morada confortável em fontes de água. Não sabemos nada sobre elas. Nós somos três almas velhas e infelizes, que vagam pelo crepúsculo e nunca tivemos nada além desse único olho que compartilhamos, aquele que você roubou. Oh, por favor, bom estranho! Quem quer que você seja, devolva-nos!

As Três Mulheres Grisalhas diziam isso enquanto estendiam as mãos, tateando no ar, tentando desesperadamente alcançar Perseu. No entanto, ele tomou cuidado para se manter fora de seu alcance.

– Minhas respeitáveis damas – disse ele, lembrando-se dos ensinamentos de sua mãe sobre a importância da cortesia –, tenho o olho de vocês em minha posse e o guardarei com segurança até que tenham a bondade de me informar onde posso encontrar essas ninfas. Refiro-me às ninfas que são guardiãs do estojo encantado, das sandálias voadoras e – o que é isso? – do elmo da invisibilidade.

– Misericórdia de nós, irmãs! Do que o jovem está falando? – exclamaram Espantalho, Pesadelo e Treme-Junta, uma para a outra, com expressões de grande espanto. – Um par de sandálias voadoras, ele disse! Se colocássemos essas sandálias, nossos calcanhares voariam rapidamente acima de nossas próprias cabeças. E um elmo de invisibilidade! Como um elmo poderia torná-lo invisível a menos que fosse grande o suficiente para se esconder debaixo dele? E um estojo encantado! Que tipo de objeto mágico seria esse, eu pergunto. Não, não, bom estranho! Não podemos lhe dizer nada sobre essas maravilhas. Você tem dois olhos, enquanto nós só temos um para compartilhar entre nós três. Você certamente conseguirá desvendar essas maravilhas melhor do que três velhas criaturas cegas como nós.

Perseu, ao ouvir as palavras das Mulheres Grisalhas, começou a suspeitar que elas não sabiam realmente nada sobre o assunto. Sentindo remorso por tê-las colocado em tantos problemas, ele quase decidiu devolver o olho delas e pedir desculpas pela forma brusca como o havia tirado. No entanto, Azougue segurou sua mão.

– Não se deixe enganar por elas! – disse ele. – Essas Três Mulheres Grisalhas são as únicas pessoas no mundo que podem lhe dizer onde encontrar as ninfas. Sem essa informação, você nunca conseguirá enfrentar a Medusa e cortar sua cabeça com as serpentes. Continue segurando firmemente o olho e tudo ficará bem.

Como se veria, Azougue estava correto. Poucas coisas são tão valorizadas pelas pessoas quanto a capacidade de enxergar, e as Mulheres Grisalhas valorizavam seu único olho como se fossem seis olhos, que seria o número adequado para elas. Percebendo que não havia outra maneira de recuperar o olho, elas finalmente revelaram a Perseu o que ele queria saber. Assim que o fizeram, ele imediatamente, com máximo respeito, colocou o olho na órbita vazia da testa de uma delas, agradeceu-lhes pela gentileza e despediu-se. Antes de Perseu não conseguir mais ouvi-las, as Mulheres Grisalhas entraram em uma nova discussão, pois ele havia dado o olho a Espantalho, que já havia tido sua vez quando o problema delas com Perseu começou.

É preocupante ver o hábito das Três Mulheres Grisalhas de perturbar sua própria harmonia com brigas desse tipo. Isso é lamentável, pois elas não podiam fazer nada uma sem a outra e, claramente, eram destinadas a ser companheiras inseparáveis. De modo geral, aconselho a todas as pessoas, sejam irmãs ou irmãos, jovens ou idosos, que porventura

MITOS GREGOS PARA JOVENS LEITORES

tenham apenas um recurso limitado para compartilhar entre si, a culti-
varem a tolerância e não insistirem em usá-lo todos ao mesmo tempo.

Azougue e Perseu estavam empenhados na busca pelas ninfas. As
instruções detalhadas fornecidas pelas Mulheres Grisalhas permitiram
que encontrassem as ninfas rapidamente. As ninfas eram muito diferentes de Pesadelo, Treme-Junta e Espantalho. Ao contrário das senhoras
já bem idosas, elas eram jovens e bonitas, e em vez de compartilharem
um único olho, cada ninfa tinha dois olhos brilhantes, que gentilmente
observavam Perseu. Pareciam estar familiarizadas com Azougue. Ao
contar a jornada que Perseu havia enfrentado, elas não hesitaram em
entregar-lhe os valiosos itens que estavam sob sua custódia. Primeiro,
trouxeram uma pequena bolsa feita de pele de camurça, ricamente
bordada, e pediram a Perseu que a guardasse com cuidado, pois era o
estojo mágico. Em seguida, as ninfas apresentaram um par de sapatos,
chinelos ou sandálias, com belas asinhas nas laterais dos calcanhares.

– Coloque-os, Perseu – disse Azougue. – Você verá que seus passos
serão tão leves quanto desejar durante o resto de nossa jornada. Perseu
prontamente começou a calçar um dos chinelos, enquanto deixou o
outro no chão ao seu lado. No entanto, de maneira inesperada, o outro
chinelo abriu suas asas, levantou-se do chão e teria voado para longe se
Azougue não tivesse dado um salto e, por sorte, conseguido agarrá-lo
no ar. – Tenha mais cuidado – disse Azougue, ao devolvê-lo a Perseu.
– Os pássaros lá em cima se assustariam ao ver uma sandália voadora
no meio deles.

Quando Perseu calçou os dois chinelos maravilhosos, sentiu-se incrivelmente leve ao pisar no chão. Com apenas um passo ou dois, para
surpresa de todos, ele saltou no ar, bem acima da cabeça de Azougue e
das ninfas, e achou difícil descer novamente. Os chinelos alados e outros
artefatos voadores são um desafio até que a pessoa se acostume com

eles. Azougue riu do que seu companheiro estava fazendo involuntariamente e disse a ele para não ter tanta pressa, mas esperar pelo elmo da invisibilidade.

As ninfas benevolentes seguravam o capacete, com suas plumas escuras e ondulantes prontas para serem colocadas na cabeça de Perseu. Nesse momento, ocorreu um incidente tão maravilhoso quanto tudo o que eu já contei a vocês. Assim que o elmo foi colocado sobre sua testa, Perseu, um jovem bonito com cachos dourados e bochechas rosadas, com a espada curva ao seu lado e o escudo polido em seu braço, desapareceu completamente! Era como se ele fosse feito apenas de coragem, jovialidade e uma gloriosa luz. O elmo, que o cobria com sua invisibilidade, também desapareceu!

– Onde você está, Perseu? – perguntou Azougue.

– Por quê? Estou bem aqui, com certeza! – respondeu Perseu, com calma, embora sua voz parecesse vir da própria atmosfera transparente. – Exatamente onde eu estava há um momento. Você não consegue me ver?

– Não, de forma alguma! – respondeu seu amigo. – Você está oculto sob o elmo. Mas, se eu não posso ver você, as Górgonas também não poderão. Então, siga-me, e vamos testar sua habilidade no uso dos chinelos alados.

Com essas palavras, o boné de Azougue abriu suas asas, como se a cabeça dele estivesse prestes a voar para longe dos ombros. Ele subiu com leveza no ar, e Perseu o seguiu. À medida que subiam centenas de metros, o jovem começou a sentir a maravilhosa sensação de deixar a tediosa terra para trás e voar como um pássaro.

A noite estava escura. Perseu olhou para cima e viu a lua, redonda, brilhante e prateada. Pensou que não haveria nada melhor do que subir até lá e passar a vida ali. Em seguida, ele olhou para baixo e viu a Terra com seus mares e lagos, os rios brilhantes serpenteando, as montanhas cobertas de neve, os vastos campos e os densos bosques, além das cidades de mármore branco. Com o luar iluminando toda a paisagem, tudo era tão belo quanto a lua ou qualquer estrela. Entre tantas coisas, ele avistou a ilha de Sérifo, onde sua querida mãe se encontrava.

Às vezes, Perseu e Azougue se aproximavam de uma nuvem que, a distância, parecia ser feita de suave prata, mas, ao mergulharem nela, eram envolvidos por um ar gelado e úmido, cobertos por uma névoa cinzenta. O voo deles era tão rápido que, num instante, emergiam da nuvem para a luz do luar novamente. Em certo momento, uma águia planando em grande altitude voou diretamente na direção do invisível Perseu. O espetáculo mais magnífico que presenciavam eram os meteoros, que brilhavam repentinamente como se uma fogueira tivesse sido acesa no céu, tornando o luar pálido por mais de cem quilômetros ao seu redor.

Enquanto os dois companheiros continuavam voando, Perseu imaginava ouvir o farfalhar de uma peça de roupa ao seu lado, mas do lado oposto àquele em que avistava Azougue, embora apenas Azougue fosse visível.

– De quem é essa roupa? – perguntou Perseu. – Está farfalhando na brisa perto de mim.

– Ah, é da minha irmã! – respondeu Azougue. – Ela está vindo conosco, como eu mencionei anteriormente. Não conseguiríamos fazer nada sem a ajuda dela. Você não faz ideia de quão sábia ela é. E seus olhos! Ela pode ver você neste momento, tão claramente como se você não fosse invisível. Aposto que ela será a primeira a descobrir as Górgonas.

A essa altura, em sua rápida jornada pelo ar, eles haviam avistado o vasto oceano e logo estavam voando sobre ele. Abaixo deles, as ondas agitadas se lançavam no meio do mar, formando espumas brancas nas extensas praias e colidindo com ímpeto contra os penhascos rochosos, gerando um estrondoso rugido no mundo abaixo. No entanto, esse som se tornava um murmúrio suave, semelhante à voz de um bebê quase adormecido, ao chegar aos ouvidos de Perseu. Foi então que uma voz falou no ar próximo a ele. Era uma voz feminina, melodiosa, embora não exatamente doce, mas profunda e suave.

– Perseu – disse a voz –, as Górgonas estão ali.

– Onde? – exclamou Perseu. – Não consigo vê-las.

– Na costa daquela ilha abaixo de você – respondeu a voz. – Se você soltasse uma pedra, ela cairia bem no meio delas.

– Eu disse que ela seria a primeira a encontrá-las – disse Azougue a Perseu. – E aqui estão elas!

Diretamente abaixo dele, a menos de um quilômetro de distância, Perseu avistou uma pequena ilha com o mar quebrando em espumas brancas ao redor de sua costa rochosa, exceto de um lado onde se estendia uma praia de areia branca como a neve. Ele desceu em direção à ilha e, ao observar com atenção um aglomerado de objetos cintilantes aos pés de um precipício de pedras negras, viu ali as terríveis Górgonas! Elas estavam profundamente adormecidas, tranquilizadas pelo estrondo do mar, pois era necessário um ruído ensurdecedor para embalar o sono dessas criaturas ferozes. A luz da lua brilhava sobre suas escamas de aço e suas asas douradas, que se espalhavam preguiçosamente sobre a areia. Suas garras de bronze, horripilantes de se ver, estavam estendidas, agarrando fragmentos de rocha criados pelas ondas. Enquanto as Górgonas sonhavam em despedaçar pobres mortais, as serpentes que compunham seus cabelos pareciam estar sonolentas, embora de tempos em tempos alguma se contorcesse, erguesse a cabeça e estendesse a língua bifurcada, emitindo um sibilo sonolento, antes de se recolocar entre suas irmãs serpentes.

As Górgonas possuíam uma aparência horrível e gigantesca, lembrando um tipo de inseto (talvez libélulas ou besouros imensos) com asas douradas, mas eram mil vezes, um milhão de vezes maiores. Apesar de tudo isso, havia algo levemente humano nelas também. Felizmente para Perseu, devido à posição em que estavam, seus rostos estavam completamente ocultos. Pois, se ele olhasse, mesmo que por um breve instante, para qualquer um daqueles rostos, ele cairia pesadamente do ar, transformado em uma imagem de pedra inconsciente.

– Agora – sussurrou Azougue, pairando ao lado de Perseu –, agora é a sua hora de agir! Seja rápido, pois, se uma das Górgonas acordar, será tarde demais para você!

– Qual delas devo atacar? – perguntou Perseu, sacando sua espada e descendo um pouco mais. – Todas as três se parecem. Todas as três têm serpentes no lugar dos cabelos. Qual delas é a Medusa?

Deve-se entender que Medusa era a única entre aquelas monstruosas criaturas cuja cabeça Perseu deveria cortar. Quanto às outras duas, mesmo que ele possuísse a espada mais afiada já forjada e golpeasse incessantemente por horas, não lhes causaria o menor dano.

– Seja cauteloso – disse a voz calma que havia falado com ele anteriormente. – Uma das Górgonas está se movendo enquanto dorme e está prestes a virar. Essa é a Medusa. Não olhe diretamente para ela! A mera visão de seus olhos transformaria você em pedra! Olhe para o reflexo do rosto e do corpo dela em seu reluzente escudo.

Perseu finalmente compreendeu a importância de Azougue ter enfatizado tanto a necessidade de polir o escudo. Na superfície refletiva, o jovem podia olhar com segurança para o reflexo do rosto da Górgona. E lá estava ele, aquele semblante terrível, refletido no brilho do escudo, banhado pela luz do luar que destacava todo o horror. As serpentes, cuja natureza venenosa nunca repousava por completo, contorciam-se incessantemente sobre sua testa. Era o rosto mais aterrador e horrível que já havia sido visto ou imaginado, mas possuía uma estranha beleza, selvagem e assustadora. Os olhos estavam fechados, e a Górgona ainda estava mergulhada em um sono profundo, porém havia uma expressão inquieta perturbando suas feições, como se o monstro estivesse agitado por um pesadelo terrível. Ela cerrava suas presas brancas e cavava a areia com suas garras de bronze.

As serpentes também pareciam estar conscientes do pesadelo de Medusa, e agitavam-se ainda mais com ele. Entrelaçavam-se em nós tumultuosos, torcendo-se ferozmente e erguendo cem cabeças sibilantes, mantendo seus olhos cerrados.

– Agora, agora! – sussurrou Azougue impacientemente, ansioso para agir. – Ataque o monstro! Mas mantenha a calma – disse a voz grave e melodiosa ao lado do jovem. – Enquanto voa para baixo, mantenha o olhar fixo em seu escudo e tome cuidado para não errar o primeiro golpe.

Perseu voou cuidadosamente para baixo, mantendo os olhos fixos no rosto de Medusa refletido em seu escudo. Quanto mais se aproximava, mais terrível se tornava o rosto de serpente e o corpo metálico do monstro. Finalmente, quando pairava sobre ela a uma curta distância, Perseu ergueu sua espada ao mesmo tempo que cada serpente na cabeça da Górgona se esticava ameaçadoramente… e Medusa abriu os olhos. No entanto, ela acordou tarde demais. A espada era afiada, e o golpe desceu como um raio, separando a cabeça da ímpia Medusa de seu corpo!

– Feito de modo admirável! – exclamou Azougue. – Apresse-se e coloque a cabeça em seu estojo mágico.

Para surpresa de Perseu, o pequeno estojo bordado, que ele pendurara no pescoço e que até aquele momento tinha só o tamanho de uma bolsinha, cresceu de uma vez, ficando grande o suficiente para conter a cabeça de Medusa. Tão rápido quanto o pensamento, ele a pegou, com as serpentes ainda se contorcendo sobre ela, e a jogou lá dentro.

– Sua missão está cumprida – disse a voz suave. – Agora voe, pois as outras Górgonas farão de tudo para vingar a morte de Medusa.

MITOS GREGOS PARA JOVENS LEITORES

Era realmente necessário que Perseu se afastasse voando, pois sua ação não foi exatamente discreta: o golpe de sua espada, o sibilar das serpentes e o baque da cabeça de Medusa caindo na areia despertaram os outros dois monstros. Eles se levantaram sonolentos, esfregando os olhos com dedos de bronze, enquanto todas as serpentes em suas cabeças se erguiam surpresas e atacavam com venenosa maldade contra o que desconheciam. Porém, ao verem o corpo escamoso de Medusa sem cabeça, com as asas douradas destroçadas e parcialmente estendidas na areia, foi verdadeiramente horrível ouvir seus gritos e guinchos de horror. E as serpentes! Elas emitiram uma centena de sibilos em uníssono, e as serpentes de Medusa responderam a elas do estojo mágico.

Assim que as Górgonas despertaram, elas se ergueram no ar, brandindo suas garras de bronze, rangendo suas presas horripilantes e batendo suas enormes asas com tanta força que algumas penas douradas se soltaram e flutuaram até a praia. Essas penas talvez ainda estejam espalhadas por lá até hoje. Como eu mencionava, as Górgonas se levantaram com seu olhar horrendo, procurando transformar alguém em pedra. Se Perseu tivesse olhado em seus rostos ou caído em suas garras, sua pobre mãe nunca mais o teria visto. No entanto, ele teve o cuidado de desviar o olhar para o outro lado e, então, usando o elmo de invisibilidade, as Górgonas não sabiam em que direção procurá-lo. Ele também aproveitou os chinelos alados para subir cerca de um quilômetro. Dessa altura, quando os gritos das criaturas abomináveis já soavam fracamente lá embaixo, ele voou diretamente para a ilha de Sérifo, com o objetivo de entregar a cabeça de Medusa ao rei Polidecto.

Não tenho tempo para contar todas as incríveis aventuras que ocorreram com Perseu durante sua jornada de volta para casa. Ele enfrentou e derrotou um terrível monstro marinho que estava prestes a devorar uma bela donzela. Além disso, ele também transformou um gigante enorme em uma montanha de pedra, simplesmente mostrando a ele a cabeça da Górgona. Se você duvida dessa última história, pode fazer uma viagem à África um dia e ver a montanha que ainda é conhecida pelo nome do antigo gigante.

Por fim, o corajoso Perseu chegou à ilha esperando ver sua amada mãe. No entanto, durante sua ausência, o perverso rei havia tratado Dânae de forma cruel, forçando-a a fugir e se refugiar em um templo onde bondosos sacerdotes idosos a acolheram com gentileza. Esses sacerdotes exemplares e o generoso pescador, que inicialmente havia demonstrado hospitalidade ao encontrar Dânae e o jovem Perseu à deriva em um baú, pareciam ser as únicas pessoas na ilha preocupadas em fazer o que era certo. O restante da população, assim como o próprio rei Polidecto, agia de maneira extraordinariamente má e não merecia nada além do destino que os aguardava.

Não encontrando sua mãe em casa, Perseu dirigiu-se ao palácio e foi prontamente conduzido à presença do rei. Polidecto não recebeu o jovem com alegria, pois em sua mente malévola ele estava convencido de que as Górgonas despedaçariam Perseu e o devorariam posteriormente. No entanto, ao vê-lo retornar são e salvo, ele fingiu um semblante amigável e perguntou a Perseu sobre sua aventura.

– Você cumpriu sua promessa? – perguntou ele. – Trouxe-me a cabeça de Medusa, com suas serpentes como cabelo? Se não, jovem, isso lhe custará caro, pois preciso de um presente nupcial para a bela princesa Hipodâmia, e não há nada que ela deseje mais.

– Sim, para sua satisfação, Majestade – respondeu Perseu com calma, como se não fosse um feito extraordinário para alguém tão jovem como ele. – Eu trouxe a cabeça da Górgona, com todas as suas serpentes!

– Verdade? Então deixe-me vê-la! – exclamou o rei Polidecto. – Deve ser algo bastante curioso de se contemplar, se tudo o que os viajantes contam é verdade!

MITOS GREGOS PARA JOVENS LEITORES

– Vossa Majestade está correto – respondeu Perseu. – É de fato um objeto que certamente prenderá a atenção de todos os que o contemplarem. E se Vossa Majestade achar apropriado sugiro que seja proclamado um feriado e que todos os súditos sejam convocados a testemunhar essa maravilhosa curiosidade. Poucos deles, imagino, já tiveram a oportunidade de ver a cabeça de uma Górgona, e talvez nunca mais a vejam novamente!

O rei sabia muito bem que seus súditos eram um bando de malvados ociosos e gostavam muito de espetáculos, como costumam ser as pessoas ociosas. Então, ele seguiu o conselho do jovem e enviou arautos e mensageiros, em todas as direções, para tocar a trombeta nas esquinas, nas feiras, nos mercados e em qualquer cruzamento de estradas e convocar todos para a corte. Em resposta a esse chamado, uma grande multidão de vadios inúteis se reuniu; todos eles, por pura maldade, ficariam felizes se algo de ruim acontecesse a Perseu durante seu encontro com as Górgonas. Se havia pessoas melhores na ilha (o que eu realmente espero que tenha acontecido, embora a história não as mencione), elas ficaram em casa, ocupadas com seus afazeres e cuidando de seus filhos pequenos. De qualquer forma, a maioria dos habitantes correu o mais rápido que pôde em direção ao palácio, empurrando, puxando e dando cotoveladas uns aos outros, ansiosos para se aproximar de uma sacada onde Perseu estava, segurando o estojo bordado em suas mãos.

Em uma plataforma, à vista da sacada, estava o poderoso rei Polidecto, cercado por seus conselheiros perversos, enquanto seus cortesãos lisonjeiros formavam um semicírculo ao redor deles. Monarca, conselheiros, cortesãos e súditos, todos olhavam ansiosamente para Perseu.

– Mostre-nos a cabeça! Mostre-nos a cabeça! – gritavam as pessoas, em um tom feroz, como se estivessem prestes a despedaçar Perseu se ele não lhes mostrasse o que tinham ido ver. – Mostre-nos a cabeça da Medusa com as mechas de serpente!

Um sentimento de tristeza e compaixão tomou conta do jovem Perseu.

– Oh, rei Polidecto – exclamou ele –, e demais pessoas, estou muito relutante em mostrar-lhes a cabeça da Górgona!

– Ah, vilão, covarde! – gritou a multidão, ainda mais furiosa do que antes. – Ele está brincando conosco! Ele não tem a cabeça da Górgona! Mostre-nos a cabeça, se você a tiver, ou usaremos a sua cabeça como bola de futebol!

Os conselheiros maus sussurraram suas más ideias nos ouvidos do rei, enquanto os cortesãos murmuravam em concordância, alegando que Perseu havia desrespeitado o senhor e mestre real. O próprio rei Polidecto acenou com a mão e ordenou ao jovem, com uma voz severa e autoritária, que mostrasse a cabeça ou enfrentasse as consequências.

– Mostre-me a cabeça da Górgona, ou cortarei a sua!

E Perseu suspirou.

– Agora mesmo – repetiu Polidecto –, ou você morre!

– Vejam-na, então! – gritou Perseu com uma voz que ecoou como uma trombeta.

E, num instante, antes mesmo que alguém tivesse tempo de piscar os olhos, o rei Polidecto perverso, seus maus conselheiros e todos os súditos furiosos se transformaram em estátuas de mármore. Ficaram congelados para sempre, capturados naquele momento, com os olhos e expressões fixos! Com o primeiro vislumbre da terrível cabeça de Medusa, eles se tornaram estátuas brancas de mármore! Perseu rapidamente guardou a cabeça de volta no estojo e foi tranquilizar sua querida mãe, dizendo-lhe que ela não precisava mais temer o rei Polidecto perverso.

Varanda de Tanglewood: depois da história

– Não foi uma história excelente? – perguntou Eustáquio.

– Oh, sim, sim! – gritou Primavera, batendo palmas. – E aquelas velhas engraçadas, com um olho só para todas elas! Eu nunca ouvi falar de algo tão estranho.

– Quanto ao único dente que todas elas usavam – observou Prímula –, não havia nada de tão extraordinário nisso. Acho que era um dente postiço. Mas e você transformando Mercúrio em Azougue e fazendo-o falar sobre a irmã! Você é realmente hilário!

– E ela não era irmã dele? – perguntou Eustáquio da Luz. – Se eu tivesse pensado nisso antes, eu a descreveria como uma donzela que tinha uma coruja de estimação!

– Bem, pelo menos – disse Prímula –, sua história parece ter dissipado a névoa.

E, de fato, à medida que a história avançava, os vapores se dissipavam consideravelmente da paisagem. Um cenário agora se revelava, como se tivesse sido criado desde a última vez que os espectadores olharam naquela direção. A uma distância de quase um quilômetro, no fundo do vale, surgia um belo lago que refletia perfeitamente as margens arborizadas e os cumes das colinas mais distantes. Brilhava em uma serenidade vívida, sem o menor sopro de brisa a perturbar sua superfície. Além da margem oposta, erguia-se a Montanha Monumento, em uma postura inclinada, como que descansando, estendendo-se quase por todo o vale. Eustáquio da Luz comparou-a a uma imensa esfinge sem cabeça, envolta em um xale persa; e, de fato, tão rica e variada era a folhagem outonal de seus bosques que a comparação com o xale não exagerava a realidade. Nas terras mais baixas, entre Tanglewood e o lago, os grupos de árvores e as bordas da floresta ostentavam principalmente folhas douradas ou castanhas escuras, pois haviam sido mais afetados pelo frio do que a folhagem nas encostas.

Sobre toda essa cena, brilhava um sol radiante, mesclado com uma suave névoa, conferindo-lhe uma indescritível suavidade e delicadeza. Ah, que maravilhoso dia de verão seria! As crianças pegaram suas cestas e partiram, pulando, saltando, correndo e realizando todo tipo de cambalhotas e brincadeiras, enquanto o primo Eustáquio mostrava sua habilidade em liderar o grupo, superando todas as acrobacias e executando várias novas cambalhotas, que nenhuma delas jamais teria esperança de imitar. Logo atrás vinha um bom e velho cachorro chamado Ben. Ele era um dos quadrúpedes mais respeitáveis e bondosos, e provavelmente achava que era seu dever proteger as crianças quando estavam longe dos pais, tendo como companhia alguém tão distraído quanto Eustáquio da Luz.

O TOQUE DOURADO

Riacho Sombrio: introdução a "O toque dourado"

Ao meio-dia, nosso grupo juvenil se reuniu em um pequeno vale, onde corria um riacho sereno. O vale era estreito, e suas encostas, íngremes; da margem do riacho para cima, era densamente arborizado, principalmente com nogueiras e castanheiras, entre as quais cresciam alguns carvalhos e bordos. No verão, a sombra densa dos galhos entrelaçados criava uma atmosfera de crepúsculo mesmo ao meio-dia, o que originou o nome de Riacho Sombrio. Porém, agora, com a chegada do outono a esse lugar isolado, todo o verde escuro havia se transformado em dourado, de modo que, em vez de escurecer o vale, ele o iluminava. As folhas amarelas brilhantes, mesmo em dias nublados, pareciam capturar a luz do sol, e tantas delas haviam caído que cobriam o leito do riacho e suas margens com um brilho ensolarado. Assim, o recanto sombreado, onde o verão buscava refresco, se tornava o local mais ensolarado de todos.

O pequeno riacho seguia seu curso dourado, formando poças aqui e ali, onde carpas nadavam freneticamente. Em seguida, acelerava seu ritmo, como se estivesse com pressa de chegar ao lago, e, descuidado, tropeçava na raiz de uma árvore que atravessava sua correnteza. Você teria rido ao ouvir seus murmúrios exagerados sobre esse incidente. Mesmo depois de passar pelo obstáculo, o riacho continuava falando consigo mesmo, como se estivesse em um labirinto. Imagino que tenha se maravilhado ao encontrar seu vale sombrio tão iluminado e ao ouvir a tagarelice e a diversão das crianças. Então, ele fugia rapidamente e se escondia no lago.

No vale do Riacho Sombrio, Eustáquio da Luz e seus amigos haviam terminado seu lanche. Eles trouxeram muitas delícias de Tanglewood em suas cestas e as espalharam sobre tocos de árvores e troncos cobertos de musgo. Alegremente, saborearam sua comida e tiveram um almoço muito agradável. Depois de terminarem, ninguém tinha vontade de se mover.

– Vamos descansar aqui – disseram várias crianças –, enquanto o primo Eustáquio nos conta outra de suas histórias empolgantes.

O primo Eustáquio tinha todo o direito de estar cansado, assim como as crianças, pois haviam realizado grandes feitos naquela manhã memorável. Dente-de-leão, Trevo, Primavera e Ranúnculo estavam quase convencidos de que ele possuía chinelos com asas, semelhantes aos que as ninfas deram a Perseu, pois tantas vezes o viram subir em uma nogueira em um momento e, no próximo, ele já estava de pé no topo da árvore. E que chuva de nozes ele lançava sobre as cabeças das crianças, fazendo com que suas pequenas mãos as apanhassem e as colocassem nos cestos! Resumindo, ele era ágil como um esquilo ou um macaco; e agora, jogando-se sobre as folhas amarelas, parecia inclinado a descansar um pouco.

MITOS GREGOS PARA JOVENS LEITORES

Mas as crianças não têm piedade nem consideração pelo cansaço de ninguém e, mesmo se você tiver apenas um fio de energia restante, elas pedirão que você o gaste contando-lhes uma história.

– Primo Eustáquio – disse Primavera –, essa história da cabeça da Górgona foi maravilhosa. Você acha que poderia nos contar outra história tão boa?

– Sim, criança – disse Eustáquio, puxando a aba do boné sobre os olhos, como se estivesse se preparando para tirar uma soneca. – Posso contar uma dúzia delas, tão boas ou até melhores, se eu quiser.

– Oh, Primavera e Pervinca, vocês ouviram o que ele disse? – gritou Prímula, dançando alegremente. – O primo Eustáquio vai nos contar uma dúzia de histórias ainda melhores do que aquela sobre a cabeça da Górgona!

– Eu não prometi nem mesmo uma, sua Primaverinha boba! – disse Eustáquio, meio mal-humorado. – No entanto, acho que você merece uma. Essa é a consequência de ter conquistado uma reputação! Eu gostaria de ser muito mais tolo do que sou ou nunca ter mostrado metade das luminosas qualidades com as quais a natureza me dotou; assim, eu poderia tirar minha soneca em paz e com conforto!

Mas o primo Eustáquio, como mencionei antes, gostava tanto de contar histórias quanto as crianças gostavam de ouvi-las. Sua mente estava em um estado livre e feliz, e ele se deliciava com a própria atividade, não precisando de nenhum incentivo externo para começar.

É interessante observar como o funcionamento espontâneo da mente difere da diligência treinada dos anos mais maduros, quando o trabalho árduo pode tornar-se fácil devido ao hábito adquirido, e a atividade diária pode tornar-se essencial para o conforto diário, mesmo que tudo o mais permaneça igual! No entanto, essa reflexão não é para ser ouvida pelas crianças.

Sem mais pedidos, Eustáquio da Luz começou a contar uma história verdadeiramente esplêndida que lhe veio à mente enquanto ele olhava para cima, para a profunda copa de uma árvore, e observava como o toque do outono transformava cada folha verde em um brilhante ouro. Essa transformação, que todos nós testemunhamos, é tão maravilhosa quanto tudo o que Eustáquio contou na história de Midas.

O toque dourado

Era uma vez um homem muito rico, um rei chamado Midas. Além de sua posição real, ele tinha uma filhinha, que nunca ouvi falar e cujo nome desconheço ou esqueci completamente. No entanto, como gosto de nomes incomuns para meninas, vou chamá-la de Maridourada.

O rei Midas tinha um amor pelo ouro maior do que qualquer outra coisa no mundo. Ele valorizava sua coroa real principalmente por ser feita desse metal precioso. Se havia algo que ele amava quase tanto, ou talvez até mais, era sua filhinha brincando alegremente ao redor de seu trono. No entanto, quanto mais Midas amava sua filha, mais ele desejava e buscava riquezas. Ele pensava (que tolice!) que a melhor coisa que poderia fazer por sua amada criança seria legar a ela uma imensa pilha de moedas douradas e brilhantes, a maior coleção de ouro já vista desde o início dos tempos. Assim, ele dedicava todos os seus pensamentos e tempo a esse único objetivo. Se, por acaso, ele olhasse brevemente as nuvens douradas do pôr do sol, ele desejaria que elas fossem feitas de ouro real e pudessem ser seguramente guardadas em seu cofre. Quando a pequena Maridourada corria para encontrá-lo, com um monte de ranúnculos e dentes-de-leão, ele costumava dizer:

– Ah, criança! Se essas flores fossem tão douradas quanto parecem, valeria a pena colhê-las!

No entanto, quando era mais jovem, antes de estar tão completamente dominado por essa obsessão insana por riquezas, o rei Midas tinha um grande apreço por flores. Ele havia cultivado um jardim onde cresciam as maiores, mais belas e perfumadas rosas que qualquer mortal já tinha visto ou cheirado.

Essas rosas ainda floresciam no jardim, tão exuberantes, encantadoras e perfumadas como nos dias em que Midas passava horas contemplando-as e inalando seu aroma. Mas agora, quando as olhava, era apenas para calcular o quanto valeriam se cada pétala fosse uma fina placa de ouro. E, embora ele tivesse apreciado a música (apesar de uma história boba sobre suas orelhas, que se assemelhavam às de um burro), a única música para o pobre Midas agora era o som metálico de moedas se chocando.

Com o tempo (pois as pessoas tendem a ficar mais tolas, a menos que se esforcem para se tornarem mais sábias), Midas se tornou cada vez mais irracional, mal conseguindo suportar ver ou tocar qualquer objeto que não fosse feito de ouro. Assim, ele passava a maior parte do dia em uma sala sombria e sinistra no subsolo do palácio, onde guardava suas riquezas. Era lá que ele ia quando desejava se sentir particularmente feliz. Trancando a porta com todo o cuidado, ele pegava uma bolsa cheia de moedas de ouro, uma taça do tamanho de uma bacia, uma barra pesada de ouro ou um punhado de ouro em pó dos cantos escuros do quarto e os trazia para o único feixe fino e brilhante de sol que penetrava pela janela semelhante a uma cela. Ele valorizava aquele raio de sol apenas porque, sem ele, o tesouro não brilharia. Então, ele contava as moedas na bolsa, jogava a barra para o alto e a pegava quando caía, deixava o pó de ouro escorrer entre seus dedos, olhava para a imagem distorcida de seu próprio rosto refletido na superfície polida da taça e sussurrava para si mesmo: "Oh, Midas, o rico rei Midas, que homem feliz tu és!". Mas era digno de riso ver como a imagem de seu rosto continuava sorrindo para ele na superfície polida da taça. Parecia estar ciente do comportamento tolo e tinha uma disposição insolente para zombar dele.

Midas se considerava um homem feliz, mas acreditava que ainda não era tão feliz quanto poderia ser. O ápice do prazer só seria alcançado se o mundo inteiro se transformasse em sua sala de tesouros, preenchido com metal amarelo, que seria exclusivamente seu.

Bem, não é necessário lembrar a crianças tão perspicazes como vocês que, nos tempos antigos, muito antigos, quando o rei Midas viveu, ocorriam muitas coisas que consideraríamos maravilhosas se acontecessem hoje em dia ou em nosso país. Em contrapartida, hoje em dia acontecem muitas coisas que não parecem maravilhosas apenas para nós, mas também seriam para as pessoas dos tempos antigos, se pudessem testemunhá-las. Em geral, considero nosso tempo o mais estranho dos dois, mas, por mais que seja assim, devo continuar minha história.

Em um certo dia, Midas estava se deleitando em sua sala de tesouros, como sempre, quando percebeu uma sombra descer sobre as pilhas de ouro; olhando imediatamente para cima, ele viu a figura de um estranho parado no estreito e brilhante raio de sol! Era um jovem de rosto alegre e corado. Se fosse a imaginação do rei Midas tingindo tudo de amarelo, ou se era por alguma outra causa, ele não conseguia evitar a sensação de que o sorriso com o qual o estrangeiro o observava atentamente tinha um brilho dourado. Certamente, embora sua figura interceptasse a luz do sol, havia agora um brilho mais intenso em todos os tesouros empilhados. Até os cantos mais remotos eram iluminados quando o estranho sorria, como se houvesse chamas e faíscas de fogo.

Como Midas tinha certeza de que havia trancado cuidadosamente a porta e que nenhuma força mortal poderia invadir sua sala de tesouros, ele concluiu que seu visitante não poderia ser um simples humano. Não é necessário mencionar quem era esse visitante. Naquela época, quando a Terra era relativamente nova, pode-se supor que ela era um lugar frequentado por seres dotados de poderes sobrenaturais, que se interessavam pelas alegrias e tristezas dos seres humanos, brincando e sendo um tanto sérios ao mesmo tempo. Midas já havia encontrado esses seres antes e não ficou triste ao se deparar com um deles novamente. A aparência do estranho, na verdade, era tão alegre e amigável, se não benevolente, que não havia motivo para suspeitar que ele tivesse intenções malignas. Era muito mais provável que ele estivesse ali para fazer um favor a Midas. E que favor poderia ser, senão multiplicar suas pilhas de tesouros?

O estranho olhou ao redor da sala e, depois que seu sorriso resplandecente havia reluzido sobre todos os objetos de ouro que estavam lá, ele se voltou novamente para Midas.

– Você é um homem rico, meu amigo Midas! – observou ele. – Duvido que haja em toda a Terra outras quatro paredes que contenham tanto ouro quanto você conseguiu empilhar nesta sala.

– Bem, é verdade que tive sucesso, muito sucesso – Midas respondeu, em um tom descontente. – Mas, no final das contas, é apenas uma insignificância considerando que levei toda a minha vida para acumular tudo isso. Se alguém pudesse viver mil anos, talvez tivesse tempo suficiente para enriquecer!

– O quê?! – exclamou o estranho. – Então, você não está satisfeito? Midas balançou a cabeça em negação.

MITOS GREGOS PARA JOVENS LEITORES

– Mas, por favor, o que satisfaria você? – perguntou o estranho. – Apenas por curiosidade pelo assunto, eu ficaria feliz em saber.

Midas parou e meditou. Ele teve um pressentimento de que esse estranho, com um brilho tão dourado em seu sorriso bem-humorado, havia ido até ali com o poder e a intenção de satisfazer seus desejos mais profundos. Agora, portanto, era o momento oportuno: bastava a ele falar para obter o que era possível, ou aparentemente impossível, que lhe vinha à mente pedir. Então, ele pensou, e pensou, e pensou, empilhando uma montanha de ouro sobre outra em sua imaginação, incapaz de imaginar essas pilhas suficientemente grandes. Por fim, uma ideia brilhante ocorreu ao rei Midas. Parecia realmente tão brilhante quanto o metal reluzente que ele tanto amava.

Levantando a cabeça, ele olhou satisfeito para o rosto resplandecente do estranho.

– Bem, Midas – observou o visitante –, vejo que você finalmente encontrou algo que o satisfaria. Diga-me qual é o seu desejo.

– É só isso – respondeu Midas. – Estou cansado de juntar meus tesouros com tanta dificuldade e de ver o monte tão diminuto, mesmo depois de fazer meu melhor. Eu desejo que tudo o que eu tocar se transforme em ouro!

O sorriso do estrangeiro iluminou a sala como o brilho do sol em um vale sombrio, onde as folhas outonais amarelas se assemelhavam aos fragmentos e partículas de ouro espalhados sob a luz radiante.

– O Toque Dourado! – exclamou ele. – Você certamente merece crédito, amigo Midas, por conceber uma ideia tão brilhante. Mas tem certeza de que isso irá satisfazê-lo?

– Como isso poderia falhar? – disse Midas, com confiança.

– E você nunca vai se arrepender de possuir esse toque?

– O que poderia me induzir a isso? – perguntou Midas. – Não peço nada mais para me deixar perfeitamente feliz.

– Então, seja como deseja. – respondeu o estranho, acenando com a mão em sinal de despedida. – Amanhã, ao nascer do sol, você receberá o Toque Dourado como presente.

A figura do estrangeiro tornou-se extremamente brilhante, e Midas, de modo involuntário, fechou os olhos. Quando os abriu novamente, viu apenas um raio de sol amarelo iluminando a sala e, ao seu redor, o brilho do metal precioso que ele havia passado a vida acumulando.

Se Midas dormiu como de costume naquela noite, a história não diz. No entanto, estivesse dormindo ou acordado, sua mente provavelmente era como a de uma criança que aguarda ansiosamente por um novo brinquedo pela manhã. Assim que o dia começou a clarear sobre as colinas, o rei Midas já estava completamente desperto. Esticando os braços para fora da cama, ele imediatamente começou a tocar os objetos ao seu alcance. Estava ansioso para verificar se o Toque Dourado havia, de fato, se concretizado, de acordo com a promessa do estranho. Midas tocou a cadeira ao lado da cama e vários outros objetos, mas ficou extremamente decepcionado ao perceber que eles permaneciam exatamente como antes. Ele sentiu um grande temor de ter apenas sonhado com o estranho brilhante ou de que o visitante estivesse zombando dele. Seria extremamente infeliz se, após todas as suas esperanças, ele tivesse de se contentar com a pequena quantidade de ouro que havia acumulado ao longo dos anos, em vez de poder transformar tudo em ouro com um simples toque!

Durante todo esse tempo, a manhã ainda estava cinzenta, com apenas uma faixa de brilho ao longo do horizonte, que Midas não podia ver. Ele estava extremamente desconsolado, lamentando que suas esperanças tivessem sido frustradas, e seu estado de tristeza só aumentava.

No entanto, no momento em que o primeiro raio de sol brilhou através da janela e dourou o teto sobre sua cabeça, algo surpreendente aconteceu. Parecia a Midas que esse raio de sol brilhante e amarelo estava refletindo de maneira singular na cobertura branca da cama. Ao olhar mais de perto, ele ficou completamente atônito e encantado ao descobrir que o tecido de linho havia sido transformado em uma textura trançada de ouro puro e brilhante! O Toque Dourado tinha, de fato, se manifestado com o primeiro raio de sol.

Midas se levantou em um frenesi alegre e correu pela sala, agarrando tudo o que estava em seu caminho. Ele pegou uma das colunas da cama e, imediatamente, ela se transformou em um pilar de ouro estriado. Ele abriu uma cortina da janela para ter uma visão mais clara das maravilhas que estava realizando, e a borla da cortina ficou pesada em sua mão: era puro ouro. Ele pegou um livro que estava sobre a mesa e, ao tocá-lo, o livro assumiu uma aparência esplendidamente encadernada, com bordas douradas, como os volumes encontrados nos dias de hoje. Mas, ao passar os dedos pelas páginas, surpreendentemente, descobriu que eram finas placas de ouro, tornando a sabedoria do livro ilegível. Com pressa, vestiu suas roupas e ficou extasiado ao ver-se em um magnífico traje de tecido de ouro, que mantinha a flexibilidade e a maciez, apesar de ser um pouco pesado. Ele pegou o lenço que Maridourada havia bordado para ele. Era, como o restante, feito de ouro, com os delicados pontos feitos pela querida criança em fios dourados correndo ao longo da borda!

Por alguma razão, essa última transformação não agradou muito ao rei Midas. Ele preferia que o trabalho manual de sua filha permanecesse como estava, quando ela o entregou em seus joelhos e o colocou em suas mãos.

Mas não valia a pena se irritar por tão pouca coisa. Midas então tirou os óculos do bolso e os colocou no nariz, a fim de poder ver mais claramente o que havia ao redor. Naquela época, óculos para pessoas comuns ainda não haviam sido inventados, mas já eram usados por reis (de outra maneira, como Midas poderia tê-los possuído?). Para sua grande perplexidade, porém, embora as lentes fossem as melhores, ele percebeu que não podia ver através delas. Mas isso era a coisa mais natural do mundo, pois, ao tirá-las, o cristal transparente se transformou em placas de metal amarelo e, é claro, eram inúteis como óculos, embora fossem valiosas como ouro. Midas achou bastante inconveniente que, apesar de toda a sua riqueza, ele nunca mais poderia ser rico o suficiente para ter um par de óculos úteis.

– Isso não é um grande problema, afinal – disse para si mesmo, refletindo de forma filosófica. – Não se pode esperar algo extraordinário sem enfrentar pequenos inconvenientes. O Toque Dourado certamente vale o sacrifício de um par de óculos, mesmo que eu não mais possa usá-los. Meus próprios olhos serão suficientes para as tarefas diárias, e em breve a pequena Maridourada estará grande o bastante para ler para mim.

O sábio rei Midas estava tão empolgado com sua boa sorte que o palácio não parecia suficientemente espaçoso para contê-lo. Ele desceu as escadas e sorriu ao observar que o corrimão da escada se tornava uma barra de ouro polido, conforme passava a mão por ele ao descer. Ele levantou o ferrolho da porta (era de bronze apenas um momento atrás, mas dourado quando seus dedos o largaram) e saiu no jardim. Ali, como costumava acontecer, ele encontrou uma grande quantidade de lindas rosas em plena floração e outras em todas as etapas entre o gracioso broto e a flor. A fragrância delas na brisa da manhã era deliciosa. O rubor delicado delas era uma das vistas mais bonitas do mundo; essas rosas pareciam ser tão gentis, tão despretensiosas e tão cheias de doce tranquilidade.

Mitos gregos para jovens leitores

Mas Midas conhecia um jeito de tornar as rosas muito mais preciosas, de acordo com sua maneira de pensar, do que jamais haviam sido antes. Por isso, ele fez um grande esforço de ir de arbusto a arbusto e exerceu seu toque mágico de maneira incansável, até que cada flor e cada broto, e até mesmo os vermes no miolo de alguns deles, fossem transformados em ouro. Quando esse bom trabalho foi concluído, o rei Midas foi convocado para o café da manhã, e, como o ar da manhã lhe dera um excelente apetite, voltou apressado ao palácio.

Como geralmente era o café da manhã de um rei nos dias de Midas, eu, de fato, não sei e não posso pausar agora para investigar. Na minha opinião, no entanto, naquela manhã em particular, o café da manhã consistia de bolos quentes, uma bela truta, batatas assadas, ovos frescos cozidos e café para o próprio rei Midas, e uma tigela de pão e leite para sua filha, Maridourada. De qualquer forma, esse é um café da manhã adequado para ser servido a um rei; e, se foi assim ou não, o rei Midas não poderia ter tido um melhor.

A pequena Maridourada ainda não havia aparecido. Seu pai ordenou que ela fosse chamada e, sentando-se à mesa, aguardou a chegada da criança para começar o café da manhã. Para fazer justiça a Midas, ele realmente amava a filha, e a amava ainda mais nessa manhã em razão da boa sorte que lhe ocorrera. Não demorou muito para que ele a ouvisse vindo pelo corredor, chorando amargamente. Essa circunstância o surpreendeu, porque Maridourada era uma das criancinhas mais alegres que se poderia encontrar em um dia de verão, e não derramava nem mesmo uma gota de lágrima durante todo o ano. Quando Midas a ouviu soluçar, decidiu alegrar a pequena Maridourada com uma surpresa agradável. Então, inclinando-se sobre a mesa, tocou a tigela da filha (que era chinesa, com belas figuras ao redor) e a transmutou em ouro reluzente.

Enquanto isso, Maridourada, lenta e desconsoladamente, abriu a porta e mostrou-se com o avental nos olhos, ainda chorando como se seu coração estivesse partido.

– Que houve, minha pequena dama?! – exclamou Midas. – Por favor, o que aconteceu com você nesta manhã radiante?

Maridourada, sem tirar o avental dos olhos, estendeu a mão, na qual estava uma das rosas que Midas havia pouco transformara em ouro.

– Que linda! – exclamou o pai. – E o que há com essa magnífica rosa de ouro para fazer você chorar?

– Ah, querido pai! – respondeu a criança, enquanto os soluços diminuíam. – Ela não é linda, mas é a flor mais feia que já surgiu! Assim que me vesti, corri até o jardim a fim de colher algumas rosas para você, porque sei que gosta delas e gosta ainda mais quando colhidas por sua filhinha. Mas... puxa! Puxa! O que o senhor acha que aconteceu? Que desgraça! Todas as lindas rosas, que tinham um aroma tão doce e encantadores tons rosados, estão arruinadas e estragadas! Elas ficaram muito amarelas, como o senhor vê nesta aqui, e não têm mais perfume! O que pode ter acontecido com elas?

– Ei, minha querida garotinha; por favor, não chore por causa disso! – disse Midas, sentindo-se culpado por não ter revelado a verdade. – Sente-se, coma seu pão e tome seu leite! Você vai ver como é especial ter uma rosa dourada que durará centenas de anos.

– Eu não me importo com esta rosa! – exclamou Maridourada, jogando-a longe com desprezo. – Ela não tem cheiro, e as pétalas duras machucam o meu nariz!

Em seguida, a criança se sentou à mesa, mas estava tão ocupada com a dor que sentia pelas rosas arruinadas que nem percebeu a maravilhosa transformação de sua tigela de porcelana. Talvez fosse melhor assim, pois Maridourada estava acostumada a apreciar as figuras esquisitas e as estranhas árvores e casas pintadas ao redor da tigela, e agora esses ornamentos estavam completamente perdidos na coloração amarela do metal.

Midas, enquanto isso, servira uma xícara de café, e, como é óbvio, a cafeteira, não importando de qual metal era quando ele a pegou, era de ouro quando a colocou de volta. Ele pensou consigo mesmo que era um estilo um tanto extravagante de esplendor, para um rei de hábitos simples como ele, tomar café da manhã com uma baixela de ouro, e começou a ficar preocupado com a dificuldade de manter seus tesouros em segurança. O armário e a cozinha não seriam mais um local seguro para guardar objetos tão valiosos como tigelas e cafeteiras de ouro.

Em meio a esses pensamentos, ele levou uma colher de café aos lábios e, ao sorvê-lo, ficou surpreso ao perceber que, no instante em que os lábios tocaram o líquido, este se tornou ouro derretido e, no momento seguinte, solidificou-se em uma massa informe. Midas ficou bastante horrorizado com a transformação.

– Ah! – exclamou ele, perplexo.

– O que aconteceu, pai? – perguntou a pequena Maridourada, olhando para ele, ainda com lágrimas nos olhos.

– Não é nada, minha criança! – respondeu Midas. – Apenas tome seu leite, antes que esfrie.

Ele pegou uma das pequenas trutas no prato e, a título de experiência, tocou a cauda com o dedo. Para seu horror, ela foi imediatamente transmutada de uma truta de riacho admiravelmente frita em um peixe dourado, embora não fosse um daqueles peixinhos dourados que as pessoas costumam ter em aquários, como ornamentos para a sala de estar. Não, era realmente um peixe de metal, meticulosamente trabalhado como se tivesse sido feito pelo ourives mais habilidoso do mundo. Suas pequenas espinhas agora eram fios de ouro, suas barbatanas e a cauda eram finas placas de ouro, havia as marcas do garfo nela, e toda a aparência delicada e insignificante de um peixe bem frito estavam reproduzidas com precisão no metal. Era um trabalho muito bonito, como vocês podem imaginar, mas naquele momento o rei Midas preferiria ter uma truta de verdade em seu prato a ter aquela imitação elaborada e valiosa.

"Não consigo ver como vou poder tomar o café da manhã", pensou o rei consigo.

Ele pegou um dos bolos fumegantes e mal o havia quebrado quando, para sua cruel aflição, aquilo que, um momento antes, era do trigo mais branco assumiu o tom amarelo de uma refeição indiana. Para dizer a verdade, se fosse um bolo indiano quente de verdade, Midas o teria apreciado muito mais do que agora, quando a solidez e o aumento de peso do bolo tornavam amargamente visível que ele era feito de ouro. Quase desesperado, ele se serviu de um ovo cozido, que passou imediatamente por uma mudança semelhante à da truta e à do bolo. O ovo, sem dúvida, poderia ter sido confundido com um daqueles que a famosa galinha do livro de histórias tinha o hábito de botar, mas o rei Midas era a única galinha que tinha alguma coisa a ver com o assunto.

"Uau! Que dilema é isso!", pensou Midas, recostando-se na cadeira e olhando com inveja para a pequena Maridourada, que agora estava comendo pão e tomando leite com grande satisfação. "Um café da manhã tão valioso diante de mim, e nada que possa ser comido!"

Esperando que, por uma grande dose de presteza, pudesse evitar o que agora era tido como um considerável inconveniente, o rei Midas logo pegou uma batata quente e tentou enfiá-la na boca e engoli-la às pressas. Mas o Toque Dourado era muito mais rápido que ele. O rei percebeu que sua boca estava cheia não de uma apetitosa batata, mas de um sólido metal, que lhe queimou a língua a ponto de ele urrar e, saltando da mesa, começou a dançar e a andar pesadamente pela sala, com dor e aterrorizado.

– Pai, meu querido pai! – clamou a pequenina Maridourada, que era uma criança muito carinhosa. – Puxa, qual é o problema? Você queimou a boca?

– Ah, querida criança – gemeu Midas, melancolicamente –, não sei o que será de seu pobre pai!

E, sendo sinceros, meus queridos amiguinhos, vocês já tinham ouvido falar de um caso tão lamentável? Literalmente, ali estava o café da manhã mais rico que poderia ser colocado diante de um rei, e sua própria riqueza o tornava absolutamente inútil. O trabalhador mais pobre, sentado diante de uma casca de pão e de um copo de água, estaria em uma situação muito melhor do que o rei Midas, cuja comida delicada valia, de fato, o peso em ouro. E o que fazer? No café da manhã, Midas já estava com muita fome. Ele estaria com menos fome na hora do almoço? E quão voraz seria seu apetite no jantar, que, sem dúvida, consistiria nos mesmos pratos indigestos que estavam diante dele agora! Por quantos dias, vocês acham, ele sobreviveria se essa rica alimentação continuasse?

Essas reflexões perturbaram tanto o sábio rei Midas que ele começou a duvidar se as riquezas eram, afinal, a única coisa desejável no mundo, ou mesmo a mais desejável. Mas esse foi apenas um pensamento passageiro. Midas estava tão fascinado pelo brilho do metal amarelo que ele se recusava a abrir mão do Toque Dourado por causa de um assunto tão insignificante como um café da manhã. Imagine o preço dos alimentos em uma refeição como aquela! Seria o equivalente a pagar milhões e milhões (e tantos milhões a mais que levaria uma eternidade para contar) por uma truta frita, um ovo, uma batata, um bolo quente e uma xícara de café! "Seria muito caro", pensou Midas.

No entanto, a fome e a perplexidade de sua situação eram tão grandes que ele novamente gemeu alto, expressando sua tristeza. Nossa adorável Maridourada não suportou mais ver seu pai sofrer. Ela ficou sentada por um momento, observando-o e usando toda a sua pequena inteligência para compreender o que estava acontecendo. Então, com um doce e triste impulso de consolá-lo, ela se levantou da cadeira e correu até Midas, envolvendo seus braços delicadamente em torno de seus joelhos. Ele se curvou e a beijou, sentindo que o amor de sua filha valia mil vezes mais do que qualquer riqueza obtida através do Toque Dourado.

– Minha preciosa, preciosa Maridourada! – chorou ele.

Mas Maridourada não respondeu. Ai, o que ele fez? Quão fatal era o presente que o estranho lhe havia concedido! No momento em que os lábios de Midas tocaram a testa de Maridourada, uma transformação ocorreu. Seu rosto doce e rosado, tão cheio de carinho como sempre, assumiu uma cor amarela brilhante, com lágrimas amarelas congeladas nas bochechas. Seus belos cachos castanhos também se tornaram dourados. O corpo suave e terno da menina tornou-se rígido e imóvel entre os braços de seu pai. Oh, terrível infortúnio! Vítima de seu desejo insaciável por riqueza, a pequena Maridourada já não era uma criança humana, mas uma estátua de ouro!

Sim, lá estava ela, com o olhar amoroso, triste e compassivo congelado em seu rosto. Era a visão mais bela e lamentável que um ser humano poderia presenciar. Todas as características e peculiaridades de Maridourada estavam presentes; até mesmo a adorável covinha permanecia em seu queixo dourado. No entanto, quanto mais perfeita era a semelhança, maior era a agonia que Midas sentia ao contemplar essa imagem de ouro, tudo o que restava de sua amada filha. Uma frase que Midas costumava dizer, quando estava particularmente apegado à menina, era que ela valia seu peso em ouro. E agora essa frase se tornara literalmente verdadeira. E, finalmente, quando já era tarde demais, ele percebeu o quanto um coração amoroso e terno, que o amava, valia muito mais do que toda a riqueza que poderia ser acumulada entre a terra e o céu!

Seria uma história muito triste se eu lhes contasse como Midas, na plenitude de ter todos os seus desejos realizados, começou a lamentar e a sentir desespero, incapaz de suportar olhar para Maridourada e também incapaz de desviar o olhar dela. Apenas quando seus olhos se fixavam na imagem, ele não conseguia acreditar que ela havia se transformado em ouro. Mas, ao dar uma olhada rápida, lá estava a pequena figura preciosa, com uma lágrima amarela escorrendo pela bochecha dourada, e um olhar tão piedoso e terno que parecia que essa expressão poderia derreter o ouro e restaurá-la à forma humana novamente. No entanto, sabia-se que isso não aconteceria. Assim, Midas só podia lamentar e desejar ser o homem mais pobre do mundo, se isso significasse que sua amada filha poderia recuperar a delicada tonalidade rosada em seu rosto.

Enquanto o rei estava nessa agitação de desespero, ele viu, de repente, um estranho parado perto da porta. Midas abaixou a cabeça, sem dizer uma palavra, pois reconheceu a mesma figura que havia aparecido no dia anterior na sala do tesouro, concedendo-lhe essa desastrosa habilidade do Toque Dourado. O semblante do estranho ainda ostentava um sorriso que parecia lançar um brilho amarelo por toda a sala, reluzindo na imagem da pequena Maridourada e nos outros objetos transformados pelo toque de Midas.

– Bem, amigo Midas – disse o estranho –, o que você conseguiu com o Toque Dourado?

Midas balançou a cabeça.

– Estou muito infeliz – disse ele.

– Muito infeliz, de fato! – exclamou o estranho. – E como aconteceu isso? Eu não cumpri fielmente minha promessa a você? Você não tem tudo o que seu coração desejava?

– O ouro não é tudo – respondeu Midas. – E perdi tudo de que meu coração realmente gostava.

– Ah! Então, você descobriu alguma coisa desde ontem? – observou o estranho. – Vamos ver, então. Qual destas duas coisas você realmente acha que é mais importante: o dom do Toque Dourado ou um copo de água fresca e pura?

– Ah, bendita água! – exclamou Midas. – Nunca mais umedecerá minha garganta ressecada!

– O Toque Dourado ou uma casca de pão? – continuou o estranho.

– Um pedaço de pão – respondeu Midas – vale todo o ouro da Terra!

– O Toque Dourado ou sua pequena Maridourada, afetuosa, delicada e amorosa como era uma hora atrás? – perguntou o estranho.

– Ah, minha filha, minha querida filha! – gritou o pobre Midas, torcendo as mãos. – Eu não trocaria aquela covinha no queixo dela pelo poder de transformar toda esta grande Terra em um sólido pedaço de ouro!

– Você é mais sábio do que antes, rei Midas! – disse o estranho, olhando com seriedade para ele. – Percebo que seu coração não foi totalmente alterado de carne para ouro. Se tivesse sido, seu caso seria realmente desesperador. Mas você parece ainda ser capaz de entender que as coisas mais comuns, como as que estão ao alcance de todos, são mais valiosas do que as riquezas pelas quais tantos mortais suspiram e lutam. Diga-me, agora: você deseja sinceramente se livrar desse Toque Dourado?

– Sim, eu o odeio! – respondeu Midas.

Uma mosca pousou em seu nariz, mas imediatamente caiu no chão, pois também se tornara ouro. Midas estremeceu.

MITOS GREGOS PARA JOVENS LEITORES

– Vá, então – disse o estranho –, e mergulhe no rio que cruza o fundo de seu jardim. Também pegue um vaso da mesma água e salpique-a sobre qualquer objeto que você queira que mude de ouro para sua substância anterior. Se você fizer isso com honestidade e sinceridade, provavelmente conseguirá reparar os danos causados por sua avareza.

O rei Midas fez uma reverência e, quando levantou a cabeça, o estranho refulgente havia desaparecido. Midas não perdeu tempo e rapidamente pegou um grande jarro de barro (embora, infelizmente, não era mais barro depois que ele o tocou) e se apressou em direção à beira do rio. Enquanto avançava pelos arbustos, era, sem dúvida, maravilhoso ver como a folhagem ficava amarela atrás dele, como se o outono estivesse presente apenas ali. Ao chegar à margem do rio, ele mergulhou de cabeça, sem nem mesmo tirar os sapatos.

– Puf! Puf! Puf! – resfolegou o rei Midas, quando sua cabeça emergiu da água. – Bem, esse foi realmente um banho refrescante, e acredito que já tenha me livrado completamente do Toque Dourado. E, agora, vou encher meu jarro com a água do rio!

Quando ele mergulhou o jarro na água, seu coração se encheu de alegria ao vê-lo voltar a ser um simples e real vaso de barro, como era antes de ser tocado pelo Toque Dourado. Além disso, ele estava consciente também de uma mudança dentro de si. Um peso frio e duro parecia ter saído de seu peito. Sem dúvida, seu coração estava perdendo gradualmente a substância humana e transmutando-se em metal insensível, mas agora amolecia-se novamente em carne. Percebendo uma violeta que crescia na margem do rio, Midas a tocou com o dedo e ficou muito feliz ao ver que a delicada flor mantinha sua tonalidade púrpura, em vez de transformar-se em ouro. A maldição do Toque Dourado, portanto, tinha sido verdadeiramente removida dele.

O rei Midas voltou apressado para o palácio, e, suponho, os servos ficaram perplexos ao ver Sua Majestade trazendo tão cuidadosamente um jarro de barro cheio de água. No entanto, aquela água, que deveria desfazer todos os danos causados por sua loucura, era mais valiosa para Midas do que um oceano de ouro líquido jamais fora. Sem hesitar, ele borrifou a figura dourada da pequena Maridourada com um punhado de água.

Mal caiu sobre ela, vocês teriam se alegrado ao ver, a cor rosada retornou às bochechas da querida criança, e ela começou a espirrar e a falar, e ficou espantada ao se ver molhada e seu pai ainda jogando mais água sobre ela!

– Por favor, não, pai querido! – ela clamou. – Olhe só como você molhou meu belo vestido, que coloquei apenas nesta manhã!

Pois Maridourada não sabia que ela tinha sido uma pequena estátua de ouro nem se lembrava de nada que acontecera desde o momento em que correu com os braços estendidos para confortar o pobre rei Midas.

O pai não achou necessário contar à amada filha quão tolo ele tinha sido, mas se contentou em mostrar quão mais sábio havia se tornado. Para esse fim, levou a pequena Maridourada ao jardim, onde borrifou o restante da água sobre as roseiras, e o efeito foi tão bom que mais de cinco mil rosas recuperaram sua bela florescência.

Havia duas circunstâncias, no entanto, que, enquanto o rei Midas viveu, costumavam lembrá-lo do Toque Dourado. Uma era que as areias do rio brilhavam tal qual ouro; a outra era o cabelo da pequena Maridourada, que agora tinha um tom dourado, algo que não havia antes de ela ter sido transmutada pelo efeito de seu beijo. A mudança de tonalidade foi realmente um aperfeiçoamento e tornou os cabelos de Maridourada mais esplêndidos do que antes.

MITOS GREGOS PARA JOVENS LEITORES

Quando o rei Midas já estava bastante velho e costumava brincar de cavalinho com os filhos de Maridourada sobre os joelhos, ele gostava de contar a eles essa história maravilhosa, bem parecida com a que contei a vocês. E, então, acariciava os cachos brilhantes das crianças e lhes dizia que seus cabelos tinham um precioso tom dourado, que eles herdaram da mãe.

– E, para dizer a verdade, meus preciosos amiguinhos – dizia o rei Midas, trotando com as crianças, bem cuidadosamente, todo o tempo –, desde aquela manhã, odiei a simples visão de qualquer outro ouro, exceto esse!

Riacho Sombrio:
depois da história

– Bem, crianças – perguntou Eustáquio, ansioso por obter uma opinião definitiva de seus ouvintes –, vocês já tinham ouvido uma história melhor do que essa do "Toque Dourado"?

– Ora, quanto à história do rei Midas – disse a atrevida Prímula –, ela já era famosa milhares de anos antes de o senhor Eustáquio da Luz aparecer no mundo e continuará sendo muito tempo depois que ele o deixar. Mas algumas pessoas têm o que podemos chamar de "Toque de Chumbo" e tornam embotado e sem graça tudo sobre o que tocam.

– Você é uma criança muito esperta, Prímula, apesar de ainda não ter chegado à adolescência – disse Eustáquio, surpreso pela natureza crítica de suas palavras. – Mas você sabe muito bem, em seu coraçãozinho travesso, que eu revigorei o ouro velho de Midas e o fiz brilhar como nunca brilhara antes. E o que dizer da figura de Maridourada! Você não percebeu a habilidade artística presente nela? E como, com

MITOS GREGOS PARA JOVENS LEITORES

sutileza, eu destaquei e aprofundei a moral da história! E então, o que me dizem, Samambaia, Dente-de-leão, Trevo, Pervinca? Algum de vocês, depois de ouvir essa história, seria tolo o suficiente para desejar o poder de transformar tudo em ouro?

– Eu gostaria – disse Pervinca, uma menina de dez anos –, de ter o poder de transformar tudo em ouro com o dedo indicador direito, mas, com o dedo indicador esquerdo, eu teria o poder de desfazer essa transformação, se não gostasse do resultado. E sei o que eu faria hoje à tarde!

– Por favor, diga-me – disse Eustáquio.

– Pois – respondeu Pervinca – eu tocaria cada uma dessas folhas douradas nas árvores com o dedo indicador esquerdo e as tornaria verdes novamente, para que pudéssemos ter logo o verão de volta, sem passar pelo inverno feio nesse meio-tempo.

– Oh, Pervinca! – exclamou Eustáquio da Luz. – Nisso você está errada e causaria um monte de estragos. Se eu fosse Midas, não faria nada além de dias dourados como esses, repetidas vezes, o ano todo. Meus melhores pensamentos sempre chegam um pouco tarde demais. Por que não lhes contei como o velho rei Midas veio para a América e transformou o outono sombrio, como é o caso em outros países, na beleza radiante que aqui se apresenta? Ele dourou as páginas do grande livro da natureza.

– Primo Eustáquio – disse Samambaia, um garotinho curioso que sempre fazia perguntas detalhadas sobre as criaturas fantásticas –, qual era o tamanho de Maridourada e quanto ela pesava depois de ser transformada em ouro?

– Ela era da sua altura – respondeu Eustáquio –, e, como o ouro é muito pesado, ela devia pesar quase uma tonelada. E, com ela, poderiam ser cunhadas umas trinta ou quarenta mil moedas de ouro de um dólar. Venham, crianças, vamos sair do vale e olhar ao nosso redor.

Eles fizeram isso. O sol estava agora uma ou duas horas além do ponto do meio-dia e enchia a grande cavidade do vale com seu esplendor ocidental, de modo que parecia transbordar com luz suave e derramar-se sobre as encostas circundantes, como um néctar dourado de uma taça. Era um dia tão maravilhoso que você não podia deixar de dizer: "Nunca houve um dia assim antes!", embora ontem tivesse sido um dia exatamente assim, e amanhã será apenas mais outro. Ah, mas há poucos desses no círculo de doze meses! Uma peculiaridade notável desses dias de outubro é que cada um deles parece durar muito tempo, embora o sol nasça relativamente tarde nessa estação do ano e vá para a cama, como fazem crianças pequenas, rigorosamente às dezoito horas, ou até mais cedo. Não podemos, portanto, chamar os dias de longos, mas eles parecem, de alguma maneira, compensar sua brevidade por meio de sua amplitude. E, quando a noite fria chega, temos consciência de ter desfrutado de uma grande quantidade de vida desde a manhã.

– Venham, crianças, venham! – gritou Eustáquio da Luz. – Mais nozes, mais nozes, mais nozes! Encham todas as cestas, e, na época do Natal, eu as quebrarei para vocês e contarei lindas histórias!

Então, eles partiram, todos com excelente bom humor, exceto o pequeno Dente-de-leão, que, lamento dizer, havia sentado em um daqueles invólucros espinhosos de castanha e ficou tão cheio de espinhos que parecia uma almofada de alfinetes. Coitadinho, imaginem o desconforto que ele deve ter sentido!

O PARAÍSO DAS CRIANÇAS

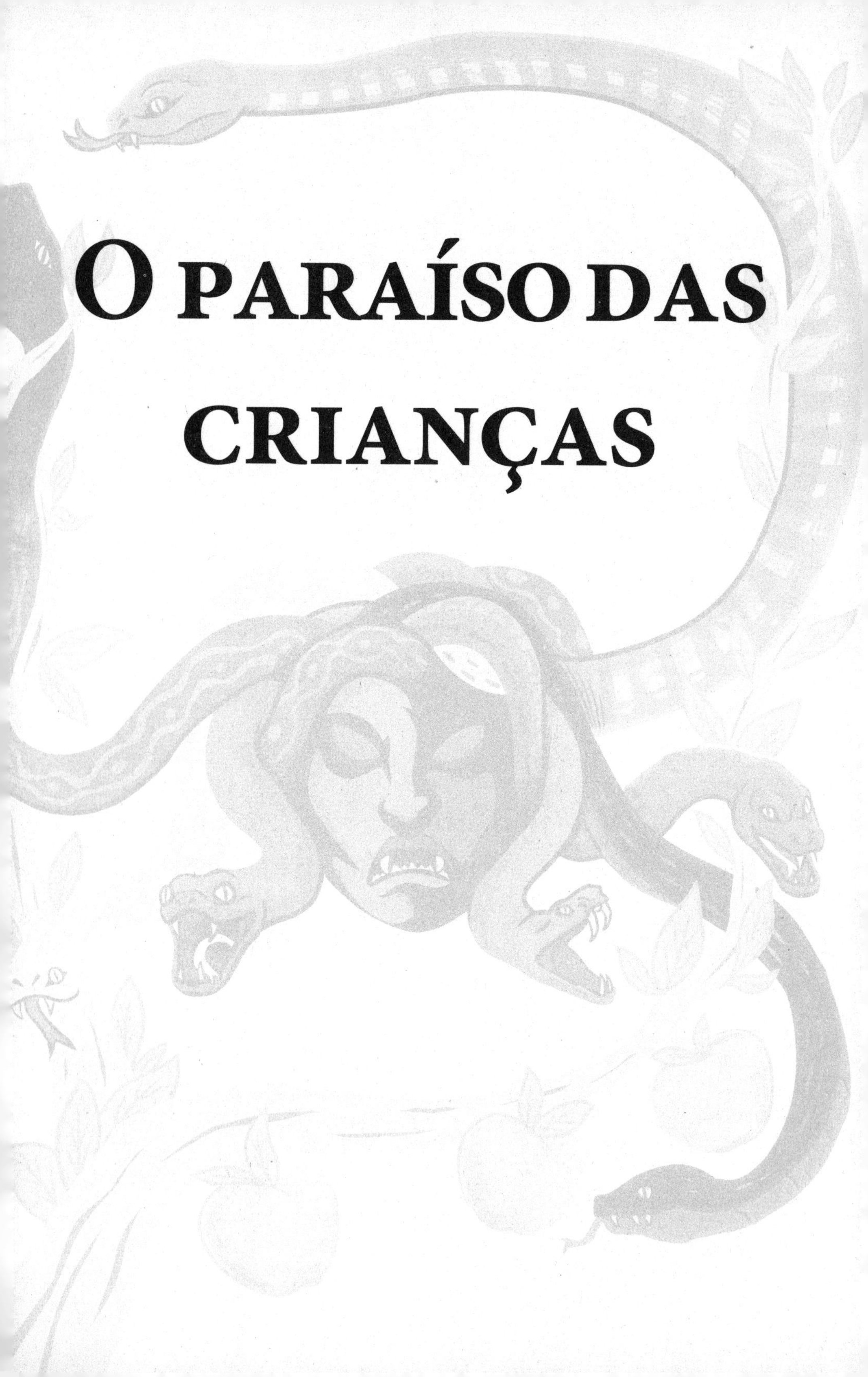

Quarto de brinquedos de Tanglewood: introdução a "O paraíso das crianças"

Os dias dourados de outubro passaram, como tantos outros outubros, e o marrom de novembro da mesma forma, e a maior parte do frio de dezembro também. Finalmente chegou a alegre época de Natal, e Eustáquio da Luz veio com ela, tornando tudo ainda mais alegre por sua presença. E, no dia seguinte à sua chegada da faculdade, houve uma forte tempestade de neve[1]. Até aquele momento, o inverno ainda não havia chegado e nos proporcionava muitos dias amenos, que eram como sorrisos em um rosto enrugado. A grama se mantinha verde em locais abrigados, como os recantos das encostas do sul e ao longo das cercas de pedra. Há apenas uma ou duas semanas, desde o início do mês, as

---

[1] O jovem leitor deve lembrar que Eustáquio e seus amigos moram nos Estados Unidos. Quando aqui no Brasil é verão (dezembro), lá é inverno. (N.T.)

crianças haviam encontrado um dente-de-leão em flor na margem do Riacho Sombrio, no lugar em que ele flui para fora do pequeno vale.

Mas agora não havia mais grama verde e dentes-de-leão. Havia uma enorme tempestade de neve! Cerca de trinta quilômetros dela poderiam ser vistos de uma só vez, entre as janelas de Tanglewood e o domo das Tacônicas, se fosse possível ver até tão longe entre as turbulentas correntezas de vento que embranqueciam toda a atmosfera. Parecia que as colinas eram gigantes arremessando monstruosos punhados de neve, num enorme divertimento deles. Tão grossos eram os flocos de neve esvoaçantes que até as árvores, no meio do vale, ficavam escondidas por eles a maior parte do tempo. Às vezes, é verdade, os pequenos prisioneiros de Tanglewood podiam discernir um turvo contorno da Montanha Monumento, a brancura suave do lago congelado em sua base e os trechos negros ou cinzentos da floresta na paisagem mais próxima. Mas essas espreitadelas eram tudo que se podia ver através da tempestade.

No entanto, as crianças se alegraram muito com a tempestade de neve. Já haviam se familiarizado com ela ao dar cambalhotas em seus montes de neve mais altos e jogando neve umas nas outras, como acabamos de imaginar que as montanhas Berkshire estavam fazendo. E agora haviam voltado para o espaçoso quarto de brinquedos, que era tão grande quanto a enorme sala de estar e estava cheio de todo tipo de brinquedos, grandes e pequenos. O maior era um cavalo de balanço, que parecia um pônei de verdade; e havia uma família inteira de bonecas de madeira, de cera, de gesso e de porcelana, além de bebês de pano e peças de montar suficientes para construir o monumento à batalha de Bunker Hill, pinos e bolas de boliche, um pião de metal que zunia ao girar, raquetes de peteca, jogo de argolas e cordas de pular, e outras mais dessas posses valiosas do que as que poderia descrever nesta página. Mas as crianças gostaram mais da tempestade de neve do que de todas essas coisas. Ela sugeria tantas diversões bem agitadas para amanhã e para todo o restante do inverno: o passeio de trenó, as descidas pela colina até o vale, os bonecos de neve a serem feitos, as fortalezas de neve que deveriam ser construídas e as guerras de bola de neve que aconteceriam!

Assim, os pequeninos bendisseram a tempestade de neve e ficaram contentes em vê-la tornar-se cada vez mais cerrada, observando esperançosos o longo monte que se acumulava na avenida e já era mais alto do que qualquer um deles.

– Puxa! Ficaremos bloqueados até a primavera! – gritaram eles, com o maior prazer. – Que pena que a casa seja alta demais para ficar completamente encoberta! A casinha vermelha, lá embaixo, será enterrada até o beiral.

– Crianças bobinhas, o que vocês querem com mais neve? – perguntou Eustáquio, que, cansado do romance que estava lendo, havia entrado no quarto de brinquedos. – Ela já fez estragos suficientes, roubando a única patinação que eu esperava ter durante o inverno. Não veremos mais nada do lago até abril, e esse era para ser meu primeiro dia lá! Você não tem pena de mim, Prímula?

– Oh, com certeza! – respondeu Prímula, rindo. – Mas, para o seu consolo, ouviremos outras das suas histórias antigas, como aquelas que você nos contou na varanda e no vale, perto do Riacho Sombrio. Talvez eu goste mais delas agora, quando não há nada a fazer, do que enquanto havia nozes a serem colhidas e um tempo bonito para apreciar.

Então, Pervinca, Trevo, Samambaia e muitos outros da pequena fraternidade, e da primarada que ainda estava em Tanglewood, reuniram-se ao redor de Eustáquio e lhe pediram efusivamente uma história. O estudante bocejou, espreguiçou-se e, para a grande admiração dos pequenos, pulou três vezes para trás e para a frente por cima de uma cadeira, para, como ele lhes explicou, colocar a mente em movimento.

NATHANIEL HAWTHRONE

– Bem, bem, crianças – disse ele, depois dessa preparação –, já que vocês insistem, e Prímula se apegou a essa ideia, verei o que posso fazer por vocês. E, para que vocês saibam que havia dias felizes antes que as tempestades de neve ficassem na moda, vou lhes contar uma história dos mais antigos de todos os tempos, quando o mundo era tão novo quanto o pião de Samambaia que gira e faz barulho. Havia, naquela época, apenas uma estação no ano, que era o delicioso verão, e apenas um período de vida para os mortais, que era a infância.

– Eu nunca ouvi falar disso antes – disse Primavera.

– É claro que nunca ouviu – respondeu Eustáquio. – Essa é uma história com a qual ninguém, além de mim, jamais sonhou: um Paraíso de Crianças; e sobre como, pela maldade de um pequeno diabrete, igual à Prímula aqui, foi reduzido a nada.

Então, Eustáquio da Luz sentou-se na cadeira que acabara de pular, colocou Primavera sobre os joelhos, ordenou que todo o auditório fizesse silêncio e começou uma história sobre uma criança triste e malvada, cujo nome era Pandora, e sobre seu companheiro de brincadeiras, Epimeteu.

Você pode lê-la, palavra por palavra, nas próximas páginas.

O paraíso das crianças

Há muito, muito tempo, quando este velho mundo estava em sua tenra infância, havia uma criança chamada Epimeteu, que nunca teve pai ou mãe. Para que não ficasse sozinho, outra criança, sem pai nem mãe como ele, foi enviada de um país distante, para morar com Epimeteu, ajudá-lo e ser sua companheira de brincadeiras. O nome dela era Pandora.

A primeira coisa que Pandora viu ao entrar na cabana onde Epimeteu morava foi uma grande caixa. E a primeira pergunta que fez a ele, depois de passar pela porta, foi esta:

– Epimeteu, o que você tem nessa caixa?

– Minha querida Pandorinha – respondeu Epimeteu –, isso é um segredo, e você deve ser bem gentil e não fazer perguntas. A caixa foi deixada aqui para ser guardada com segurança, e eu não sei o que ela contém.

– Mas quem a deu a você? – perguntou Pandora. – E de ela onde veio?

– Isso também é segredo – respondeu Epimeteu.

– Que irritante isso! – exclamou Pandora, fazendo bico. – Eu gostaria que a grande caixa feia estivesse fora do caminho!

– Oh, venha, não pense mais nisso – exclamou Epimeteu. – Vamos lá para fora brincar de alguma coisa legal com as outras crianças.

Faz milhares de anos que Epimeteu e Pandora existiram, e o mundo hoje em dia é algo muito diferente do que era no tempo deles. Naquela época, todos eram crianças. Não havia pais e mães para cuidar dos filhos, pois não havia perigos ou problemas de qualquer tipo. Não havia necessidade de consertar roupas e sempre havia muito o que comer e beber. Sempre que uma criança queria almoçar, ela encontrava a comida crescendo em uma árvore; e, se olhasse para a árvore pela manhã, veria um botão de flor com a ceia daquela noite; ou, à noitinha, veria o broto tenro do café da manhã do dia seguinte. Era uma vida muito agradável, de verdade. Nenhum trabalho a ser feito, nenhuma matéria a ser estudada; nada além de brincadeiras, danças e doces vozes de crianças conversando, cantarolando como pássaros ou explodindo em risadas alegres durante o dia todo.

O mais maravilhoso de tudo é que as crianças nunca brigavam entre si; elas nunca tiveram acessos de choro; e, desde que o tempo começou, nenhum desses pequenos mortais foi sozinho para um canto e ficou de mau humor. Oh, que tempo maravilhoso era aquele para viver! A verdade é que esses monstrinhos alados e feios, chamados Problemas, que agora são quase tão numerosos quanto os mosquitos, nunca haviam sido vistos na Terra. É provável que a maior inquietação que uma criança já tivesse experimentado à época fosse a irritação de Pandora por não poder descobrir o segredo da caixa misteriosa.

No início, isso era apenas a fraca sombra de um Problema; mas, a cada dia, tornava-se mais e mais substancial, até que, pouco tempo depois, a cabana de Epimeteu e Pandora já era menos ensolarada e menos alegre que as das outras crianças.

– De onde a caixa pode ter vindo? – Pandora continuava dizendo para si mesma e para Epimeteu. – E o que tem lá dentro?

– Sempre falando sobre essa caixa! – disse Epimeteu, por fim, pois já estava extremamente cansado do assunto. – Eu gostaria, querida Pandora, que você tentasse falar de outra coisa. Venha, vamos colher alguns figos maduros e comê-los sob as árvores, como nosso jantar. E eu conheço uma videira que tem as uvas mais doces e suculentas que você jamais provou.

– Sempre falando sobre uvas e figos! – gritou ela, de mau humor.

– Bem, então – disse Epimeteu, que era uma criança muito bem-humorada, como uma porção de crianças naquela época –, vamos sair e nos divertir com nossos amigos.

– Estou cansada de momentos alegres e não me importo se eu nunca os tiver! – respondeu nossa pequena e mal-humorada Pandora. – Além disso, eu nunca os tenho mesmo. Essa caixa feia! Vivo ocupada pensando nela o tempo todo. Insisto que você me diga o que há dentro dela.

– Como eu já disse mais de cinquenta vezes, eu não sei! – respondeu Epimeteu, ficando um pouco irritado. – Como, então, eu posso lhe dizer o que há aí dentro?

– Então, você pode abri-la – disse Pandora, olhando de soslaio para Epimeteu –, e, assim, nós veremos com nossos próprios olhos.

– Pandora, no que você está pensando? – exclamou Epimeteu.

E o rosto dele expressou tanto horror com a ideia de olhar dentro daquela caixa que lhe fora confiada com a condição de nunca a abrir, que Pandora achou melhor não sugerir mais isso. No entanto, ela não conseguia deixar de pensar na caixa e falar sobre ela.

– Pelo menos – disse Pandora –, você pode me dizer como ela veio parar aqui?

– Ela foi deixada à porta – respondeu Epimeteu –, pouco antes de você chegar, por um homem que parecia muito sorridente e inteligente, que nem conseguia deixar de rir quando a soltou. Ele estava vestido com um tipo estranho de capa e usava um boné que parecia ser feito parcialmente de penas, de modo que parecia quase como se tivesse asas.

– Que tipo de cajado ele tinha? – perguntou Pandora.

– Oh, o cajado mais curioso que alguém já viu! – clamou Epimeteu. – Era como se houvesse duas serpentes contorcendo-se em torno de um bastão, e tudo era esculpido com um ar tão real que, a princípio, pensei que as serpentes estavam vivas.

– Eu o conheço – disse Pandora, pensativa. – Ninguém mais tem esse cajado. Era Azougue; ele me trouxe para cá, assim como a caixa. Sem dúvida, ele a separou para mim; provavelmente, ela contém vestidos bonitos para eu usar ou brinquedos para você e eu brincarmos, ou algo muito bom para nós dois comermos!

– Talvez sim – respondeu Epimeteu, virando-se. – Mas, enquanto Azougue não voltar e nos disser isso, não temos nenhum direito de levantar a tampa da caixa.

– Que garoto molenga! – murmurou Pandora, quando Epimeteu saiu da cabana. – Eu gostaria que ele tivesse um pouco mais de iniciativa!

Pela primeira vez desde a chegada de Pandora, Epimeteu saiu sem pedir-lhe para acompanhá-lo. Ele foi colher figos e uvas sozinho ou buscar qualquer diversão que pudesse encontrar em outra companhia que não fosse a de sua parceirinha de brincadeira. Ele estava exausto de ouvir falar sobre a caixa e desejou sinceramente que Azougue, ou qualquer que fosse o nome do mensageiro, a tivesse deixado na porta de outra criança, onde Pandora nunca teria posto os olhos nela. Quão perseverantemente ela falava sobre aquela única coisa! A caixa, a caixa e nada além da caixa! Parecia que a caixa estava enfeitiçada, e que a cabana não fosse grande o suficiente para contê-la sem que Pandora tropeçasse continuamente nela, e fazendo Epimeteu tropeçar nela também e ambos machucando as canelas.

MITOS GREGOS PARA JOVENS LEITORES

Bem, era realmente difícil para o pobre Epimeteu ouvir sobre a caixa noite e dia, especialmente porque as pequenas criaturas da Terra estavam tão desacostumadas com chateações, naqueles dias felizes, que não sabiam como lidar com elas. Por isso, um pequeno aborrecimento causou uma perturbação tão grande na época, muito maior do que causaria hoje em dia.

Depois que Epimeteu saiu, Pandora ficou olhando a caixa. Ela a chamou de feia mais de cem vezes, mas, apesar de tudo o que havia dito contra a caixa, ela era, sem dúvida, uma peça de mobiliário muito bonita, e seria um ornamento e tanto em qualquer cômodo em que fosse colocada. Era feita de um tipo muito bonito de madeira, com veios escuros e bem destacados espalhando-se pela superfície, a qual era tão polida que a pequena Pandora podia ver seu rosto refletido nela. Como a criança não tinha outro espelho, é estranho que ela não tenha dado valor à caixa apenas por essa razão.

As bordas e os cantos do objeto eram esculpidos com a mais assombrosa habilidade. Ao redor da margem, havia graciosas figuras de homens, mulheres e das crianças mais belas que já se viu, descansando ou brincando em meio a uma profusão de flores e folhagens, e esses vários objetos eram tão requintadamente representados, e foram colocados juntos em tal harmonia, que flores, folhagens e seres humanos pareciam combinar-se em uma guirlanda de mesclada beleza. Mas aqui e ali, espiando por trás da folhagem esculpida, Pandora imaginou, uma ou duas vezes, ter visto um rosto não tão amável, ou uma coisa ou outra que era desagradável e roubava a beleza de todo o resto. No entanto, olhando mais de perto e tocando o local com o dedo, ela não conseguiu perceber nada disso. Alguns rostos, que eram realmente bonitos, vinham a parecer feios quando ela os olhava de lado.

O mais bonito de todos os rostos foi feito naquilo que é chamado de alto-relevo, no centro da tampa. Não havia ali mais nada, exceto a exuberância escura e suave da madeira polida, e essa face no centro, com uma guirlanda de flores em volta da testa. Pandora olhou para esse rosto muitas vezes e imaginou que a boca poderia sorrir se quisesse, ou ficar séria se desejasse, assim como qualquer boca de verdade. Todos os traços, de fato, exibiam uma expressão muito vívida e bastante malicio-sa, que parecia quase como se precisasse brotar dos lábios esculpidos e pronunciar-se em palavras.

Se a boca tivesse falado, provavelmente teria sido algo assim:

– Não tenha medo, Pandora! Que mal pode haver ao abrir a caixa? Não se importe com o pobre e simplório Epimeteu! Você é mais sábia do que ele e tem dez vezes mais personalidade. Abra a caixa e veja se você não vai encontrar algo muito bonito!

A caixa, quase me esqueci de dizer, não estava lacrada por uma fecha-dura nem por qualquer outro artifício desse tipo, mas por um nó muito intrincado de um cordão de ouro. Parecia não haver fim nem começo naquele nó. Nunca um nó foi produzido com tanta astúcia, nem com tantos detalhes que maliciosamente desafiavam os dedos mais habilido-sos para desenredá-los. No entanto, pela própria dificuldade que havia nele, Pandora ficou mais tentada a examinar o nó, apenas para ver como era feito. Por duas ou três vezes, ela já tinha se curvado sobre a caixa e tomado o nó entre o polegar e o indicador, mas sem tentar desfazê-lo.

– Eu acho mesmo – disse a si própria – que estou começando a en-tender como isso foi feito. Não somente isso, mas talvez eu até consiga desfazê-lo e amarrá-lo de novo. Não haveria mal nenhum nisso, com certeza. Nem mesmo Epimeteu poderia me culpar por isso. Não preciso abrir a caixa e, é claro, não devo fazê-lo sem o consentimento daquele garoto tolo, mesmo que o nó tenha sido desatado.

Teria sido melhor para Pandora se ela tivesse algum trabalhinho a fazer, ou qualquer coisa com que ocupar a mente, para não ficar pensando exclusivamente nesse assunto. Mas as crianças levavam uma vida tão fácil, antes de qualquer Problema vir ao mundo, que tinham realmente muito tempo livre. Elas poderiam não estar sempre brincando de esconde-esconde entre os arbustos de flores, ou de cabra-cega com guirlandas sobre os olhos, ou de qualquer outro jogo que tivesse sido descoberto, enquanto a Mãe Terra estivesse na infância. Quando a vida é só diversão, o trabalho é a verdadeira brincadeira. Não havia absolutamente nada a fazer. Uma varrida rápida e uma espanada pela cabana, suponho, colher flores novas (que eram por demais abundantes em todos os lugares) e colocá-las em vasos... e o dia de trabalho da pobre Pandorinha havia terminado. E então, pelo resto do dia, havia a caixa!

Eu não tenho certeza se, afinal de contas, a caixa não foi, à sua maneira, uma bênção para ela. A caixa lhe forneceu uma variedade de ideias em que pensar e sobre as quais conversar sempre que ela tinha alguém para ouvir! Quando estava de bom humor, ela admirava o brilho do polimento de seus lados e a rica borda de belos rostos e folhagens que corria ao redor. Ou, se estivesse mal-humorada, ela lhe dava um empurrão ou a chutava com seu pezinho malcriado. E muitos chutes foram dados na caixa (mas era uma caixa malvada, como veremos, e mereceu tudo o que lhe fizeram), muitos chutes ela recebeu. Mas, com certeza, se não fosse a caixa, nossa Pandorinha de mente ativa não saberia muito bem como gastar o tempo.

Pois adivinhar o que havia dentro dela era, de fato, uma ocupação sem fim. O que poderia ser, afinal? Imaginem, meus pequenos ouvintes, como a mente de vocês ficaria ocupada se houvesse uma grande caixa na casa, que, como teriam motivos para supor, contivesse alguma coisa nova e bonita como presente de Natal ou de Ano-novo. Vocês acham que conseguiriam ter menos curiosidade de saber do que Pandora? Se vocês fossem deixados sozinhos com a caixa, não se sentiriam um pouquinho tentados a abrir a tampa? Mas vocês não fariam isso. Oh, que vergonha! Não, não! Só que, se vocês achassem que havia brinquedos nela, seria difícil não aproveitar uma oportunidade de dar apenas uma espiadinha! Não sei se Pandora esperava encontrar brinquedos ali, pois, provavelmente, eles ainda não tinham começado a ser feitos naqueles dias, quando o próprio mundo era um grande brinquedo para as crianças que moravam nele. Mas Pandora estava convencida de que havia algo muito bonito e valioso na caixa; e, por causa disso, ela se sentia muito aflita para dar uma espiada, assim como qualquer uma dessas garotinhas aqui ao meu redor teria se sentido. E é possível, até um pouco mais, porém disso não tenho tanta certeza.

Naquele dia em particular, no entanto, sobre o qual já estamos falando, a curiosidade de Pandora estava muito maior do que costumava estar, até que, por fim, ela se aproximou da caixa. Ela já estava mais do que apenas meio determinada a abri-la, se pudesse. Ah, Pandora! Que desobediente!

Primeiro, porém, ela tentou levantá-la. Era pesada, pesada demais para a diminuta força de uma criança como Pandora. Ela levantou uma ponta da caixa a alguns centímetros do chão e logo a deixou cair, com um baque bem alto. Um momento depois, ela quase imaginou ouvir algo se mexer dentro da caixa. Ela colocou o ouvido o mais próximo possível e ouviu. Sem dúvida, parecia haver uma espécie de murmúrio abafado lá dentro! Ou era apenas o canto nos ouvidos de Pandora? Ou poderia ser a batida do coração dela? A criança não conseguia se decidir se ouvira algo ou não. Mas, de qualquer forma, sua curiosidade ficou mais forte do que nunca.

Quando ela recuou a cabeça, seus olhos pousaram no nó do cordão de ouro.

"Deve ter sido uma pessoa muito engenhosa a que deu esse nó", disse Pandora para si mesma. "Apesar disso, acho que consigo desatá-lo. Estou decidida a, pelo menos, encontrar as duas pontas do cordão."

Então, ela pegou o nó de ouro entre os dedos e examinou sua complexidade tão atentamente quanto pôde. Quase involuntariamente, ou sem saber ao certo o que estava prestes a fazer, logo estava ativamente ocupada em tentar desfazê-lo. Enquanto isso, a brilhante luz do sol entrava pela janela aberta, assim como as vozes alegres das crianças brincando ao longe e, talvez, a voz de Epimeteu entre elas. Pandora parou para ouvir. Que dia lindo era aquele! Não seria mais sensato se ela deixasse o bendito nó em paz, não pensasse mais na caixa e, em vez disso, corresse para se juntar a seus pequenos companheiros de brincadeira e fosse feliz?

Durante todo esse tempo, no entanto, seus dedos estavam mais ou menos inconscientemente ocupados com o nó. Ao olhar para o rosto coberto de flores na tampa da caixa encantada, ela pensou percebê-la sorrindo-lhe maliciosamente.

"Esse rosto parece muito malvado", pensou Pandora. "Eu me pergunto se ele está sorrindo porque estou cometendo algum delito! Tenho toda a disposição do mundo para fugir daqui!"

Mas, nesse momento, por mero acidente mesmo, ela deu uma espécie de torcida no nó, o que produziu um resultado maravilhoso. O cordão de ouro se desenrolou, como que por mágica, e deixou a caixa sem qualquer coisa que a fechasse.

– Esta é a coisa mais estranha que eu já vi! – disse Pandora. – O que Epimeteu vai dizer? E como vou amarrar isso de novo?

Ela fez uma ou duas tentativas para refazer o nó, mas logo se deu conta de que isso estava muito além de sua habilidade. Ele se desenredara tão repentinamente que ela não conseguia nem ao menos lembrar como os cordões tinham sido tramados um no outro, e, quando ela tentou recordar a forma e a aparência do nó, parecia que isso tinha sumido completamente de sua mente. Nada havia a ser feito, portanto, a não ser deixar a caixa como estava até Epimeteu voltar.

– Mas – disse Pandora –, quando ele encontrar o nó desatado, vai saber que fui eu quem fez isso. Como vou fazê-lo acreditar que não olhei para dentro da caixa?

E, então, surgiu em seu pequeno coração malvado o pensamento de que, como suspeitariam mesmo que ela havia olhado para dentro da caixa, ela poderia fazer logo isso. Oh, Pandora malvada e muito tola! Você deveria ter pensado apenas em fazer o que era certo e não em fazer o que era errado, não se preocupando com o que Epimeteu, seu companheiro de brincadeira, iria dizer ou acreditar. E talvez ela pudesse ter agido assim, se o rosto encantado na tampa da caixa não lhe parecesse tão persuasivo e se ela não parecesse ouvir, mais distintamente do que antes, o murmúrio de pequenas vozes lá dentro. Ela não sabia dizer se era imaginação ou não, mas um pequeno tumulto de sussurros chegou ao ouvido dela – ou foi sua curiosidade que sussurrou:

– Deixe-nos sair, querida Pandora! Puxa, deixe-nos sair! Nós vamos ser bons companheiros de brincadeiras para você! Apenas deixe-nos sair!

"O que pode ser?", pensou Pandora. "Existe alguma coisa viva na caixa? Bem Sim! Estou decidida a dar apenas uma espiada! Apenas uma espiada e, então, a tampa será fechada com toda a segurança de sempre! Não pode haver nenhum mal em apenas uma espiada!"

Mas, agora, é momento de vermos o que Epimeteu estava fazendo.

Foi a primeira vez, desde que sua pequena companheira de brincadeiras veio morar com ele, que Epimeteu tentou desfrutar de alguma coisa prazerosa sem que ela estivesse participando. Mas nada deu certo, e ele não estava nem perto de estar feliz como nos outros dias. Não conseguiu encontrar uma uva doce ou um figo maduro (se Epimeteu tinha uma falha, era sua predileção um pouco exagerada por figos), ou, se encontrava maduros, estavam maduros demais e doces a ponto de serem

MITOS GREGOS PARA JOVENS LEITORES

enjoativos. Não havia alegria em seu coração, como a que usualmente fazia sua voz fluir e aumentar a ruidosa alegria de seus companheiros. Em resumo, Epimeteu estava tão inquieto e descontente que as outras crianças não conseguiam imaginar qual era o problema com ele. Como elas, nem ele mesmo sabia o que o afligia. Pois vocês devem lembrar que, na época de que estamos falando, era da natureza o constante hábito de todos serem felizes. O mundo ainda não havia aprendido a ser de outro modo. Nem uma única alma ou um único corpo, desde que essas crianças foram enviadas para se divertirem na bela terra, estivera doente ou aborrecido.

Por fim, percebendo que, de um jeito ou de outro, ele havia interrompido toda a diversão, Epimeteu achou melhor voltar para Pandora, que estava com um humor mais afinado com o seu. Mas, com a esperança de lhe dar alguma satisfação, ele reuniu umas flores e fez delas uma guirlanda, que pretendia colocar-lhe na cabeça. As flores eram muito bonitas: rosas, lírios e flores de laranjeira, e muitas outras, que deixavam um rastro de fragrância atrás de si, enquanto Epimeteu as carregava. A guirlanda foi feita com tanta habilidade quanto se poderia razoavelmente esperar de um garoto. Os dedos das garotinhas, é o que sempre me pareceu, são os mais aptos para organizar guirlandas de flores, mas os garotos podiam fazê-lo, naqueles dias, melhor do que conseguem agora.

E aqui devo mencionar que uma grande nuvem negra vinha se acumulando no céu há algum tempo, embora ainda não houvesse ocultado o sol. Mas, quando Epimeteu chegou à porta da cabana, essa nuvem começou a impedir a luz do sol e, com isso, criar uma obscuridade repentina e triste.

Ele entrou calmamente, pois pretendia, se possível, andar na ponta dos pés por trás de Pandora e lançar-lhe a coroa de flores sobre a cabeça, antes que ela percebesse sua aproximação. Mas, como as coisas estavam acontecendo, não havia necessidade de pisar tão levemente. Ele poderia ter pisado tão pesado quanto quisesse, tão pesado quanto um homem crescido, tão pesado, eu diria, quanto um elefante, sem haver muita probabilidade de Pandora ouvir seus passos. Ela estava muito concentrada em seu propósito. No momento em que ele entrou na cabana, a criança desobediente havia colocado a mão na tampa e estava prestes a abrir a misteriosa caixa. Epimeteu a observava. Se ele tivesse gritado, Pandora provavelmente teria retirado a mão, e o mistério fatal da caixa nunca teria sido conhecido.

Mas o próprio Epimeteu, embora falasse bem pouco sobre isso, tinha sua parcela de curiosidade de saber o que havia dentro dela. Percebendo que Pandora estava decidida a descobrir o segredo, ele determinou que sua companheira de brincadeiras não seria a única pessoa astuta na cabana. E, se houvesse alguma coisa bonita ou valiosa na caixa, ele pretendia ficar com metade para si. Assim, depois de todos seus sábios discursos a Pandora sobre ela restringir a curiosidade, Epimeteu tornou-se tão tolo, e quase tão culpado, quanto ela. Portanto, sempre que culparmos Pandora pelo que aconteceu, não devemos nos esquecer de reprovar Epimeteu da mesma forma.

Quando Pandora levantou a tampa, a cabana ficou bastante escura e sinistra, pois a nuvem negra agora havia se espalhado muito sobre o sol e parecia tê-lo enterrado vivo. Por um tempo, houve rosnados e murmúrios baixos, que de uma só vez romperam em um pesado estrondo de trovão. Mas Pandora, sem prestar nenhuma atenção a tudo isso, levantou a tampa quase até a vertical e olhou para dentro. Foi como se um súbito enxame de criaturas aladas passasse por ela, fugindo da caixa, e, no mesmo instante, ouvia a voz de Epimeteu com um tom de lamentação, como se ele estivesse com dor.

– Ah, eu fui picado! – chorou ele. – Eu fui picado! Desobediente Pandora! Por que você abriu essa caixa maldita?

Pandora deixou cair a tampa e, levantando-se bruscamente, olhou ao redor para ver o que havia acontecido com Epimeteu. A nuvem de trovão havia escurecido tanto a sala que ela não conseguia discernir claramente o que ali havia. Mas ela ouviu um zumbido desagradável, como se muitas moscas enormes, ou mosquitos gigantes, ou aqueles insetos que chamamos de besouros, ou carrapatos, estivessem se movendo rapidamente. E, conforme seus olhos se acostumavam à luz imperfeita, ela viu uma multidão de pequenas formas feias, com asas de morcego, parecendo abominavelmente cheias de ódio e armadas com ferrões terrivelmente longos na cauda. Foi uma dessas que havia ferido Epimeteu. E não demorou muito para que a própria Pandora começasse a gritar, não com menos dor e terror que seu companheirinho, e fazendo muito mais confusão por causa disso. Um odioso monstrinho havia pousado na testa dela e a teria picado, não sei com que profundidade, se Epimeteu não o tivesse enxotado e lançado fora.

Bem, se vocês desejam saber o que essas coisas feias eram, essas que tinham escapado da caixa, devo dizer-lhes que eram toda a família de Problemas terrenos. Havia as Paixões más; havia inúmeras espécies de Preocupações; havia mais de cento e cinquenta Dores; havia Doenças em um vasto número de formas miseráveis e dolorosas; havia mais tipos de Maldade do que seria útil falar. Em resumo, tudo o que desde então aflige as almas e os corpos da humanidade havia sido trancado na caixa misteriosa e dado a Epimeteu e Pandora para que a mantivessem em segurança, a fim de que as crianças felizes do mundo nunca fossem molestadas por aqueles males. Se tivessem sido fiéis a sua responsabilidade, tudo estaria bem: nenhuma pessoa adulta jamais ficaria triste, nem qualquer criança teria motivos para derramar uma única lágrima, daquela hora até este momento.

Contudo, e, graças a isso, vocês podem ver como um ato errado de qualquer mortal é uma calamidade para o mundo inteiro. Por Pandora ter levantado a tampa daquela maldita caixa, e também por culpa de Epimeteu, que não a impediu, esses Problemas obtiveram uma base de operações entre nós e não parecem muito dispostos a serem expulsos. Pois era impossível, como obviamente imaginam, que as duas crianças mantivessem o feio enxame em sua modesta cabana. Pelo contrário: a primeira coisa que fizeram foi abrir portas e janelas, na esperança de se livrar deles; e, com certeza, os Problemas alados voaram para longe, por todo o mundo, e tanto incomodaram e atormentaram os pequeninos por toda parte, que nenhum deles sorriu por muitos dias depois do ocorrido. E uma coisa muito incomum aconteceu: todas as flores e os botões orvalhados da terra, que até aquele momento jamais se haviam desbotado, começaram a se inclinar e a perder as pétalas depois de um dia ou dois. Além disso, as crianças, que antes pareciam eternas em sua infância, agora envelheciam dia após dia e logo se tornaram moços e donzelas, e depois homens, mulheres e idosos, antes mesmo de sonharem que isso pudesse existir.

Enquanto isso, a desobediente Pandora e o um pouquinho menos desobediente Epimeteu permaneciam na cabana. Ambos tinham sido dolorosamente picados e sentiam bastante dor, o que lhes parecia o mais intolerável, porque era a primeira dor que havia sido sentida desde que o mundo começou. Obviamente, eles eram totalmente desacostumados com isso e não tinham ideia do que aquilo significava. Além do mais, estavam com um extremo mau humor, tanto com respeito a si mesmos quanto um com o outro. A fim de dar o máximo de vazão a isso, Epimeteu sentou-se emburrado em um canto, de costas para Pandora, enquanto esta estava jogada no chão, descansando a cabeça na fatal e abominável caixa. Ela chorava amargamente e soluçava como se seu coração estivesse se partindo.

MITOS GREGOS PARA JOVENS LEITORES

De repente, ouviu-se uma discreta batidinha no interior da tampa.

– O que pode ser isso? – gritou Pandora, levantando a cabeça.

Mas Epimeteu ou não ouvira a batida ou estava muito emburrado para percebê-la. De qualquer forma, ele não respondeu.

– Você é muito desalmado por não falar comigo! – disse Pandora, soluçando novamente.

Mais uma vez a batida! Era como as pequenas juntas dos dedos da mão de uma fada batendo de leve e com alegria no interior da caixa.

– Quem é você? – perguntou Pandora, com um pouco de sua antiga curiosidade. – Quem é você, dentro dessa caixa malvada?

Uma voz doce falou de dentro:

– Apenas levante a tampa e você verá.

– Não, não! – respondeu Pandora, começando a soluçar de novo. – Já levantei essa tampa o suficiente! Você está dentro da caixa, criatura malvada, e aí vai ficar! Já há um montão de seus irmãos e irmãs horrorosos voando pelo mundo. Você não deve pensar que eu serei tola a ponto de deixar você sair!

Enquanto falava, ela olhava para Epimeteu, talvez esperando que ele a elogiasse por sua sabedoria. Mas o garoto emburrado apenas murmurou que ela era sábia um pouco tarde demais.

– Ah! – disse a doce vozinha novamente. – É melhor você me deixar sair. Eu não sou como aquelas criaturas malvadas que têm ferrão na cauda. Elas não são meus irmãos e irmãs, como você vai ver imediatamente, se der apenas uma olhada em mim. Vamos, vamos, minha linda Pandora! Tenho certeza de que você vai me deixar sair!

E, de fato, havia um tipo de encanto agradável no tom da discreta voz, que tornava quase impossível recusar qualquer coisa que ela pedisse. Sem perceber, o coração de Pandora ficava mais leve a cada palavra que vinha de dentro da caixa. Epimeteu também, embora ainda estivesse no canto, virou-se e parecia estar mais bem-humorado do que antes.

– Meu querido Epimeteu – exclamou Pandora –, você ouviu essa vozinha?

– Sim, com certeza ouvi – respondeu ele, mas ainda não de muito bom humor. – E daí?

– Devo levantar a tampa outra vez? – perguntou Pandora.

– Como você quiser – disse Epimeteu. – Você já causou tanto dano que talvez possa causar um pouco mais. Outro Problema, em um enxame que você deixou à solta no mundo, não vai fazer muita diferença.

– Você poderia ser um pouco mais gentil ao falar! – Pandora murmurou, enxugando os olhos.

– Ah, garoto malvado! – gritou a vozinha dentro da caixa, em um tom travesso e risonho. – Ele sabe que deseja me ver. Venha, minha querida Pandora, levante a tampa. Estou com muita pressa de confortar você. Só me deixe tomar um pouco de ar fresco, e logo você verá que as coisas não são tão sinistras como você as imagina!

– Epimeteu – exclamou Pandora –, aconteça o que acontecer, estou decidida a abrir a caixa!

– E, como a tampa parece muito pesada – exclamou Epimeteu, cruzando a sala –, vou ajudar você!

Então, de comum acordo, as duas crianças novamente levantaram a tampa. Uma pequena criatura radiante e sorridente voou da caixa e rodou pela sala, lançando uma luz por onde quer que fosse. Vocês já fizeram um raio de sol dançar em cantos escuros, refletindo-o em um espelho? Bem, era parecida com isso a alegria alada daquela estranha semelhante a uma fada em meio à escuridão da cabana. Ela voou para Epimeteu e tocou suavemente com o dedo no lugar inflamado em que o Problema o havia picado, e imediatamente o sofrimento desapareceu. A seguir, ela beijou Pandora na testa, e a dor dela foi curada da mesma forma.

MITOS GREGOS PARA JOVENS LEITORES

Depois de realizar esses atos de bondade, a estranha brilhante esvoaçou divertidamente sobre a cabeça das crianças e olhou tão docemente para elas que as duas começaram a pensar que não havia sido tão errado ter aberto a caixa, pois, se não o tivessem feito, sua alegre convidada teria sido mantida prisioneira entre aqueles perversos diabinhos com ferrões na cauda.

– Puxa! Quem é você, bela criatura? – perguntou Pandora.

– Serei chamada de Esperança! – respondeu a radiante figura. – E, como sou esse corpinho tão alegre, fui colocada na caixa para compensar a raça humana por aquele enxame de feios Problemas, que estava destinado a ser solto entre os humanos. Não tema! Vamos nos sair muito bem, apesar de todos eles.

– Suas asas são coloridas como o arco-íris! – exclamou Pandora. – Que lindas!

– Sim, elas são como o arco-íris – disse Esperança –, porque, por mais que minha natureza seja alegre, sou parcialmente feita de lágrimas, bem como de sorrisos.

– E você vai permanecer conosco – perguntou Epimeteu –, para todo o sempre?

– Enquanto vocês precisarem de mim – disse Esperança, com um agradável sorriso –, e isso será enquanto vocês existirem neste mundo: eu prometo nunca os abandonar. Pode haver tempos e estações, agora e no futuro, em que vocês pensarão que eu desapareci completamente, mas de novo e de novo e de novo, quando vocês menos imaginarem, verão o brilho de minhas asas no teto de sua cabana. Sim, minhas queridas crianças, e eu sei que algo muito bom e bonito será dado a vocês lá adiante!

– Oh, diga-nos – eles exclamaram –, diga-nos o que é!

– Não me perguntem – respondeu Esperança, colocando o dedo na boca rosada. – Mas não se desesperem, mesmo que isso nunca aconteça enquanto vocês viverem nesta terra. Confiem na minha promessa, pois é verdadeira.

– Nós confiamos em você! – gritaram Epimeteu e Pandora, com uma só voz.

E assim eles fizeram; e não apenas eles, mas todos confiaram em Esperança, que está viva desde então. E, para lhes dizer a verdade, não posso deixar de ficar feliz – embora, com certeza, tenha sido uma coisa absurdamente ruim o que ela fez –, não posso deixar de ficar feliz porque nossa tola Pandora espiou dentro da caixa. Sem dúvida, sem dúvida, os Problemas ainda estão voando pelo mundo, e aumentaram sua multidão, em vez de diminuir, e são um conjunto muito feio de diabinhos e carregam ferrões ainda mais venenosos na cauda. Já os senti, e penso que os sentirei mais à medida que envelheço. Mas há aquela figurinha adorável e luminosa da Esperança! O que seria do mundo sem ela? A Esperança espiritualiza a Terra, a Esperança a torna sempre nova, e, mesmo quanto ao melhor e mais brilhante aspecto da Terra, a Esperança mostra que ele é apenas a sombra de uma felicidade infinita no futuro.

Quarto de brinquedos de Tanglewood: depois da história

– Gostou de minha Pandorinha, Prímula? – perguntou Eustáquio, dando-lhe um puxãozinho na orelha – Não acha que ela é um perfeito retrato seu? Mas você não teria hesitado nem um pouquinho em abrir a caixa.

– Então, eu deveria ser punida por minha desobediência – respondeu Prímula, espertamente –, pois a primeira coisa que surgiria, depois que a tampa fosse levantada, teria sido o senhor Eustáquio da Luz na forma de um Problema.

– Primo Eustáquio – disse Samambaia –, a caixa continha todos os problemas que já vieram ao mundo?

– Cada pedacinho deles! – respondeu Eustáquio. – Essa tempestade de neve aí, que estragou minha patinação, estava encaixotada lá.

– E qual era o tamanho da caixa? – perguntou Samambaia.

– Bem, talvez um metro de comprimento – disse Eustáquio –, meio metro de largura e uns oitenta centímetros de altura.

– Ah! – disse a criança. – Você está caçoando de mim, Eustáquio! Eu sei que não há problemas suficientes no mundo para encher uma caixa tão grande assim. Quanto à tempestade de neve, ela não é só um problema, mas um prazer também; portanto, não poderia estar dentro daquela caixa.

– Ouça o menino! – bradou Prímula, com um ar de superioridade. – Quão pouco ele sabe sobre os problemas deste mundo! Pobre companheiro! Ele será mais sábio quando tiver visto tanto da vida quanto eu já vi.

Dizendo isso, ela começou a pular corda.

Enquanto isso, o dia estava terminando. Do lado de fora, a cena certamente parecia sombria. Havia uma nevasca cinzenta por toda parte, atravessando o crescente crepúsculo; a terra estava tão intransitável quanto o ar, e o acúmulo de neve sobre os degraus da varanda provava que ninguém entrava ou saía havia muitas horas. Se houvesse apenas uma criança na janela de Tanglewood, contemplando essa paisagem invernal, talvez se sentisse triste. Mas meia dúzia de crianças juntas, apesar de não conseguirem transformar o mundo em um paraíso, podiam desafiar o velho inverno e todas as suas tempestades para tirá-las de seu bom humor. Além disso, Eustáquio da Luz, no calor do momento, inventou vários jogos novos que mantiveram todos em ruidosa alegria até a hora de dormir e serviram também para o próximo dia de tempestade.

As três maçãs de ouro

Lareira de Tanglewood: introdução a "As três maçãs de ouro"

A forte tempestade de neve durou mais um dia; mas o que aconteceu com ela depois, não posso imaginar. De qualquer forma, ela terminou totalmente durante a noite e, quando surgiu na manhã seguinte, o sol brilhava intensamente sobre um trecho gelado da região de colinas aqui em Berkshire, como bem podia ser visto em qualquer lugar do mundo. Uma camada de gelo cobria de tal modo as vidraças que era difícil até mesmo ter um vislumbre da paisagem lá fora. Mas, enquanto esperavam o café da manhã, a pequena população de Tanglewood havia feito buracos com as unhas no gelo para espiar e via com enorme satisfação que, com exceção de um ou dois trechos abertos numa encosta íngreme ou do efeito acinzentado da neve misturada com o pinheiral escuro da floresta, toda a natureza estava branca como um lençol. Aquilo era extremamente agradável! E, para melhorar tudo, estava frio o suficiente para fazer doer o nariz de alguém! Se as pessoas têm em si apenas a vida suficiente para suportar isso, não há nada que desperte tanto o ânimo e faça o sangue se agitar e dançar tão agilmente, como se fosse um riacho descendo a encosta de uma colina, do que uma geada brilhante e forte.

Assim que terminou o café da manhã, a turminha toda, bem agasalhada em peles e lã, saiu meio desajeitadamente para a neve. Bem, que dia de diversões geladas foi esse! Desceram colina abaixo até o vale umas cem vezes, ninguém sabe a que distância; e, para tornar tudo ainda mais divertido, viravam os trenós e caíam de cabeça para baixo, com a mesma frequência com que chegavam em segurança ao fundo. E, uma vez, Eustáquio da Luz levou Pervinca, Samambaia e Flor de Abóbora no trenó, para garantir uma descida segura, e eles desceram a toda velocidade. Mas eis que, na metade do caminho, o trenó bateu em um tronco escondido e jogou os quatro passageiros num monte de neve. Ao se levantarem, com esforço, nem sinal de Flor de Abóbora! O que poderia ter acontecido com a menina? Enquanto eles pensavam nisso e olhavam ao redor, Flor de Abóbora saiu de um amontoado de neve, com o rosto mais vermelho que já se viu, e se parecia com uma grande flor escarlate brotando de repente no meio do inverno. Então, todos caíram na gargalhada.

Quando se cansaram de deslizar pela colina, Eustáquio levou as crianças para cavar uma caverna no maior monte de neve que puderam encontrar. Infelizmente, assim que eles terminaram de cavar e o grupo se espremeu no buraco, o teto caiu sobre a cabeça deles, deixando-os presos na neve por um tempo! Não demorou muito, todas as cabecinhas se ergueram do monte, e a cabeça do estudante alto no meio delas, parecendo grisalha e venerável com a neve fina que havia entre seus cachos castanhos. E, então, para punir o primo Eustáquio por aconselhá-las a cavar uma caverna tão prestes a cair, as crianças o atacaram ao mesmo tempo, como um só corpo, e ele foi tão bombardeado com bolas de neve que teve dificuldade para se levantar.

Com isso, Eustáquio fugiu e foi para a floresta, e dali para a margem do Riacho Sombrio, onde podia ouvir o riachinho murmurando sob margens das quais pendiam grandes amontoados de neve e gelo, o que mal lhe permitia ver a luz do dia. Havia pingentes de gelo brilhando como diamante ao redor de todas as suas pequenas cascatas. Dali, ele caminhou até a margem do lago e vislumbrou uma planície branca e não trilhada diante de si, estendendo-se do lugar onde estavam seus pés até o sopé da Montanha Monumento. E agora, já bem próximo do pôr do sol, Eustáquio pensou que nunca tinha visto algo tão vívido e bonito como aquele cenário. Ele estava feliz pelo fato de as crianças não estarem com ele, pois, animadas como eram e descontroladamente ativas, teriam afugentado seu estado de espírito mais elevado e grave, de modo que ele teria meramente estado alegre (como havia estado o dia inteiro) e não teria conhecido a beleza do pôr do sol de inverno entre as colinas.

Quando o sol estava se pondo, nosso amigo Eustáquio voltou para casa a fim de jantar. Quando a refeição terminou, ele seguiu para o escritório com o propósito, imagino eu, de escrever uma ode, dois ou três sonetos,ou versos de algum tipo, em louvor às nuvens roxas e douradas que ele tinha visto ao redor do sol poente. Mas, antes que ele elaborasse a primeira rima, a porta se abriu e Prímula e Pervinca apareceram.

– Vão embora, crianças! Eu não posso ser incomodado por vocês agora! – gritou o estudante, olhando por cima do ombro, com a caneta entre os dedos. – O que vocês querem aqui? Pensei que estivessem todos na cama!

– Ouça-o, Pervinca, tentando falar como um homem adulto! – disse Prímula. – E parece esquecer que eu agora tenho treze anos e posso ficar acordada até quase a hora que eu quiser. Mas, primo Eustáquio, você tem de deixar de lado esse seu jeitão e vir conosco para a sala de estar. As crianças têm falado tanto sobre suas histórias que meu pai deseja ouvir uma delas, a fim de julgar se são apropriadas.

– Ai, ai, Prímula! – exclamou o estudante, bastante irritado. – Acho que não consigo contar uma de minhas histórias na presença de adultos. Além disso, seu pai é um estudioso das obras clássicas, não que eu esteja muito preocupado com a erudição dele, pois não duvido de que ela esteja tão enferrujada quanto uma velha faca de bainha a essa altura. Mas, certamente, ele vai se opor ao admirável absurdo que coloco nessas histórias, tirado da minha cabeça, e que faz o grande encanto que elas têm para crianças como você. Um homem de cinquenta anos, que leu os mitos clássicos na juventude, dificilmente poderá compreender meu mérito como reinventor e melhorador deles.

– Tudo isso pode ser muito verdade – disse Prímula, – mas vamos lá! Meu pai não abrirá o livro, nem a mamãe abrirá o piano, enquanto você não nos apresentar alguns de seus absurdos, como bem os chamou. Então, agora, seja um bom garoto e venha comigo.

Então, não importando o que pudesse fingir, o estudante ficou mais contente do que qualquer coisa, ao pensar duas vezes na oportunidade de demonstrar ao sr. Pringle sua excelente capacidade de modernizar os mitos dos tempos antigos. De fato, até a idade de vinte anos um jovem pode ser bastante tímido a respeito de mostrar sua poesia e sua prosa; mas, apesar de tudo isso, ele é capaz de pensar que essas mesmas produções o colocariam no ponto mais alto da literatura, se porventura alguma delas viesse a ser conhecida. Assim, sem muito mais resistência, Eustáquio permitiu que Prímula e Pervinca o arrastassem para a sala de estar.

Era um cômodo amplo e bonito, com uma janela semicircular em uma das extremidades, na alcova da qual havia uma cópia de mármore de *Anjo e criança*, de Greenough. De um lado da lareira, havia muitas prateleiras de livros, distintos, mas ricamente encadernados. A luz branca da lâmpada astral e o brilho vermelho intenso das brasas de carvão tornavam a sala radiante e alegre. Diante do fogo, em uma grande poltrona, estava o sr. Pringle, parecendo muito adequado a se sentar em uma cadeira e em uma sala dessas. Ele era um cavalheiro alto e bastante bonito, com uma testa grande, e estava sempre tão elegantemente vestido que nem Eustáquio da Luz gostava de entrar em sua presença sem ao menos parar no limiar a fim de arrumar a gola da camisa. Mas agora, com Prímula segurando uma de suas mãos e Pervinca a outra, ele foi forçado a aparecer com um aspecto meio amarfalhado, como se houvesse passado o dia todo rolando em um monte de neve. E de fato havia.

O sr. Pringle virou-se para o estudante com bastante benignidade, mas de maneira que o fez perceber quão desalinhado e quão desgrenhado estava, e também quão desalinhados e desgrenhados estavam sua mente e seus pensamentos.

– Eustáquio – disse o sr. Pringle, com um sorriso –, acho que você está causando uma grande sensação entre o público infantil de Tanglewood com o exercício de seus dons de narrativa. Prímula aqui, como os pequenos escolheram chamá-la, e o resto das crianças elogiaram tanto as suas histórias que a sra. Pringle e eu estamos realmente curiosos para ouvir uma amostra. Será muito mais gratificante para mim, pois as histórias parecem-me ser uma tentativa de transcrever as fábulas da antiguidade clássica no idioma da fantasia e do sentimento modernos. Pelo menos, penso ser isso por causa de alguns dos incidentes que chegaram a meu conhecimento.

– O senhor não é exatamente o ouvinte que eu teria escolhido – observou Eustáquio –, para fantasias dessa natureza.

– Possivelmente, não – respondeu o sr. Pringle. – Suspeito, no entanto, que o crítico mais útil de um jovem autor seja precisamente aquele a quem ele nem ao menos escolheria. Por favor, obsequie-me.

– A simpatia, tenho para mim, deveria ter pouca participação nas qualificações do crítico – murmurou Eustáquio da Luz. – No entanto, se o senhor tiver paciência, eu terei uma história. Mas tenha a gentileza de lembrar que estou me dirigindo à imaginação e à compreensão das crianças, não às suas.

Assim, o estudante agarrou o primeiro tema que se lhe apresentou. Ele foi sugerido por uma travessa com maçãs que Eustáquio conseguiu ver na cornija da lareira.

As três maçãs de ouro

Você já ouviu falar das maçãs de ouro que cresciam no Jardim das Hespérides? Ah, aquelas eram maçãs que poderiam render um bom dinheiro por quilo, se alguma delas pudesse ser encontrada crescendo hoje em dia nos pomares! Suponho, porém, que não exista um enxerto dessa fruta maravilhosa em uma única árvore no mundo inteiro. Já não existe uma semente sequer dessas maçãs.

E mesmo nos tempos antigos, muito antigos e um pouco esquecidos, antes que o Jardim das Hespérides fosse infestado por ervas daninhas, muitas pessoas duvidavam que houvesse árvores de verdade com maçãs de ouro maciço nos galhos. Todos tinham ouvido falar delas, mas ninguém se lembrava de ter visto alguma. As crianças, no entanto, costumavam ouvir, com a boca aberta, as histórias da macieira de ouro e resolviam encontrá-la quando fossem suficientemente grandes. Rapazes aventureiros, que desejavam fazer algo mais corajoso do que qualquer um de seus companheiros, partiam em busca daquele fruto. Muitos deles jamais retornaram; nenhum deles trouxe as maçãs. Não é à toa que eles achavam impossível encontrá-las! Dizia-se que havia um dragão embaixo da árvore, com cem terríveis cabeças, cinquenta delas sempre vigiando, enquanto as outras cinquenta dormiam.

Em minha opinião, não valia a pena correr tanto risco por causa de uma maçã de ouro maciço. Se as maçãs fossem doces, maduras e suculentas, a coisa seria totalmente diferente. Poderia fazer algum sentido tentar alcançá-las, apesar do dragão de cem cabeças.

Mas, como já lhes disse, era comum os jovens, quando cansados de muita paz e sossego, procurarem o Jardim das Hespérides. E uma vez a aventura foi empreendida por um herói que desfrutava de muito pouca paz ou sossego desde que veio ao mundo. Na época da qual vou falar, ele estava vagando pela agradável terra da Itália, com uma poderosa clava na mão, um arco e aljava pendurados cruzando-lhe as costas. Ele estava envolto na pele do maior e mais feroz leão que já se vira, o qual ele próprio havia matado. Embora, de modo geral, ele fosse gentil, generoso e nobre, havia uma grande porção da ferocidade do leão em seu coração. Enquanto seguia seu caminho, ele perguntava continuamente se aquela era a estrada certa para o famoso jardim. Mas nenhuma das pessoas do campo sabia coisa alguma sobre o assunto, e muitas teriam rido da pergunta se o estranho não tivesse uma clava tão grande.

Assim, ele jornadeou, sempre em frente, ainda fazendo a mesma pergunta, até que, por fim, chegou à beira de um rio onde algumas belas moças estavam sentadas, tecendo grinaldas de flores.

– Vocês podem me dizer, lindas donzelas – perguntou o estranho –, se este é o caminho certo para o Jardim das Hespérides?

As jovens estavam se divertindo muito, tecendo as flores em grinaldas e coroando a cabeça uma da outra. E parecia haver um tipo de magia no toque de seus dedos, que tornava as flores mais vivas, com tons mais brilhantes e fragrâncias mais doces, enquanto brincavam com elas, do

MITOS GREGOS PARA JOVENS LEITORES

que quando estavam crescendo em seus caules nativos. Mas, ao ouvirem a pergunta do estranho, elas jogaram todas as flores na grama e o encararam com espanto.

– O Jardim das Hespérides! – exclamou uma delas. – Achávamos que os mortais estavam cansados de procurá-lo, depois de tantas decepções. E, puxa, aventureiro viajante, o que você quer lá?

– Certo rei, que é meu primo – respondeu ele –, ordenou-me que pegasse três maçãs de ouro.

– A maioria dos jovens que procuram essas maçãs – observou outra donzela – deseja obtê-las para si ou para dá-las a uma linda donzela a quem amam. Você, por sua vez, ama tanto assim esse rei, seu primo?

– Talvez não – respondeu o estranho, suspirando. – Ele sempre foi severo e cruel comigo. Mas é meu destino obedecer-lhe.

– E você sabe – perguntou a donzela que havia falado pela primeira vez – que um dragão terrível, com cem cabeças, vigia sob a macieira de ouro?

– Eu bem sei disso – respondeu o estranho, calmamente. – Mas, desde o berço, tem sido minha missão, e quase meu passatempo, lidar com serpentes e dragões.

As moças olharam para a clava maciça dele e para a pele felpuda de leão que usava, também para seus membros fortes e porte heroico, e sussurraram uma para a outra que o estranho parecia ser alguém de quem se poderia esperar, com toda a razão, que realizasse proezas muito além do poder de outros homens. Mas não esqueçam: havia o dragão com cem cabeças! Que mortal, mesmo que possuísse cem vidas, esperaria poder escapar das presas de um monstro assim? Tão bondosas eram as donzelas que não suportariam ver esse viajante corajoso e bonito tentar o que era tão perigoso e dedicar-se a, muito provavelmente, tornar-se refeição para as centenas de bocas vorazes do dragão.

- Volte – clamaram todas elas –, volte para casa! Sua mãe, ao vê-lo são e salvo, derramará lágrimas de alegria; e o que mais pode ela fazer se você conseguir uma vitória tão grande? Não importam as maçãs de ouro! Não importa o rei, seu primo cruel! Não queremos que o dragão com cem cabeças devore você!

O estranho parecia ficar impaciente com essas objeções. Ele ergueu sua poderosa clava de forma despretensiosa e deixou-a cair sobre uma rocha que estava meio enterrada na terra, perto dele. Com a força daquele golpe preguiçoso, a grande rocha foi despedaçada. Embora tenha exigido do estrangeiro o esforço equivalente ao de um gigante, foi o mesmo esforço que uma das jovens teria ao tocar suavemente a bochecha rosada da irmã com uma flor.

- Vocês não acreditam – disse ele, olhando para as donzelas com um sorriso – que um golpe como este poderia ter esmagado uma das cem cabeças do dragão?

Então, ele se sentou na grama e começou a contar a história de sua vida, ou pelo menos tudo o que conseguia se lembrar desde o dia em que fora encontrado no escudo de bronze de um guerreiro. Enquanto descansava ali, duas imensas serpentes deslizaram pelo chão, abrindo suas horrendas mandíbulas na tentativa de devorá-lo. E, surpreendentemente, mesmo sendo apenas um bebê de poucos meses, ele agarrou cada uma das ferozes cobras em seus pequenos punhos e as estrangulou até a morte. Ainda criança, ele conseguiu matar um leão enorme, cujo tamanho quase se comparava ao da vasta e felpuda pele que ele agora usava orgulhosamente sobre os ombros. Sua próxima grande empreitada foi travar uma batalha épica contra um monstruoso ser chamado de hidra, que ostentava nada menos do que nove cabeças, todas armadas de dentes extremamente afiados e mortais.

- Mas o dragão das Hespérides, você sabe – observou uma das donzelas –, tem cem cabeças!

MITOS GREGOS PARA JOVENS LEITORES

– No entanto – respondeu o estranho –, prefiro lutar contra dois dragões desse tipo a enfrentar uma única hidra. Pois, mal eu cortava uma cabeça, outras duas cresciam no lugar. Além disso, havia uma das cabeças que não podia ser morta, mas continuava mordendo tão ferozmente como sempre, muito tempo depois de ter sido cortada. Então, fui forçado a enterrá-la debaixo de uma rocha, onde, sem dúvida, está viva até hoje. Mas o corpo da hidra, com suas outras oito cabeças, nunca mais fará qualquer mal.

As donzelas, percebendo que a história provavelmente ainda duraria um bom tempo, prepararam uma refeição com pães e uvas para que o estrangeiro pudesse se recuperar nos intervalos de sua fala. Com prazer, elas serviram-lhe a comida simples, e, de vez em quando, uma delas colocava uma uva doce entre os lábios rosados para não o fazer sentir-se constrangido ao comer sozinho.

O viajante continuou a contar suas aventuras, narrando como perseguira um veado muito veloz durante doze meses seguidos, sem nunca parar para tomar fôlego, até finalmente conseguir agarrá-lo pelos chifres e levá-lo para casa vivo. Além disso, descreveu como lutara com uma raça muito peculiar de pessoas, metade cavalo e metade homem, e como as derrotara por um senso de dever, para que aquelas figuras terríveis nunca mais fossem vistas. Ele ainda atribuiu a si mesmo grande mérito por ter limpado um estábulo.

– Você chama isso de uma façanha maravilhosa? – perguntou uma das jovens donzelas, sorrindo. – Qualquer palhaço deste país faz o mesmo!

– Se fosse um estábulo comum – respondeu o estranho –, eu não teria mencionado isso. Mas essa era uma tarefa tão gigantesca que levaria a minha vida toda para realizá-la, se, por sorte, eu não tivesse pensado em desviar o curso de um rio para a porta do estábulo. Isso resolveu o assunto em muito pouco tempo!

Vendo o quão seriamente suas formosas ouvintes o escutavam, ele prosseguiu contando como matara alguns pássaros monstruosos, como conseguira capturar um touro selvagem e, em seguida, o deixara partir em liberdade. Além disso, narrava sobre como domara vários cavalos extremamente selvagens e, para surpresa delas, mencionou que conquistara Hipólita, a rainha guerreira das amazonas. Com um sorriso, ele contou sobre a épica batalha e como, ao final, retirara o cinturão encantado de Hipólita, entregando-o à filha de seu primo, o rei.

– Era o cinturão de Vênus – indagou a mais linda das donzelas –, aquele que torna as mulheres bonitas?

– Não – respondeu o estranho. – Anteriormente, ele era o cinto para espada de Marte, e quem o usasse se tornaria valente e corajoso.

– Um velho cinto de espada! – exclamou a donzela, sacudindo a cabeça. – Então, eu não deveria me preocupar em tê-lo!

– Você está certa – concordou o estranho.

Continuando com sua narrativa maravilhosa, ele informou às donzelas que a aventura mais estranha que já lhe acontecera foi quando lutou com Gerião, o homem de seis pernas. Era uma figura muito bizarra e assustadora, vocês podem ter certeza. Qualquer pessoa, ao observar seus rastros na areia ou na neve, qualquer pessoa suporia que três companheiros próximos estivessem caminhando juntos. E, ao ouvir seus passos a pouca distância, era bem razoável imaginar que várias pessoas estavam vindo. No entanto, era apenas o estranho homem Gerião se aproximando, com um som retumbante de suas seis pernas!

Seis pernas e um corpo gigantesco! Sem dúvida alguma, ele devia ter sido um monstro muito esquisito de se olhar; e, pela madrugada!, que desperdício de calçados.

Quando o estranho terminou a narrativa de suas aventuras, olhou em volta para o rosto atento das donzelas.

MITOS GREGOS PARA JOVENS LEITORES

– Talvez vocês já tenham ouvido falar de mim antes – disse ele, modestamente. – Meu nome é Hércules!

– Nós já tínhamos adivinhado – responderam as donzelas –, pois seus feitos maravilhosos são conhecidos em todo o mundo. Agora não achamos mais estranho você partir em busca das maçãs de ouro das Hespérides. Venham, irmãs, vamos coroar o herói com flores!

Elas, então, jogaram lindas guirlandas de flores sobre a imponente cabeça e os ombros poderosos dele, de modo que a pele de leão estava quase toda coberta de rosas. Elas tomaram posse de sua pesada clava e a envolveram com as flores mais brilhantes, suaves e perfumadas, de modo que nem a largura de um dedo de sua madeira de carvalho podia ser vista. Parecia um enorme buquê de flores. Por fim, deram-se as mãos e dançaram ao redor dele, cantando palavras que se tornaram poesia de modo espontâneo e cresceram em uma canção em coro, em homenagem ao ilustre Hércules.

E Hércules se alegrou, como qualquer outro herói o teria feito, por saber que aquelas formosas jovens tinham ouvido falar das destemidas ações que lhe foram tão trabalhosas e perigosas. Mas, ainda assim, ele não estava satisfeito. Não considerava que aquilo que já havia feito merecesse tanta honra, enquanto ainda restasse uma aventura ousada ou difícil a ser empreendida.

– Queridas donzelas – disse ele, quando elas pararam para descansar um pouco –, agora que sabem meu nome, não vão me dizer como chego ao Jardim das Hespérides?

– Ah! Você precisa partir tão cedo? – exclamaram elas. – Você, que realizou tantas maravilhas e passou uma vida tão trabalhosa, não pode se contentar em descansar um pouco na margem deste rio tranquilo?

Hércules balançou a cabeça.

– Eu devo partir agora – disse ele.

– Nós lhe daremos as melhores orientações que pudermos – responderam as donzelas. – Você deve ir à costa do mar, encontrar o Ancião e obrigá-lo a informar-lhe onde as maçãs de ouro podem ser encontradas.

– O Velho! – repetiu Hércules, rindo desse nome estranho. – E, puxa, quem seria o Velho?

– Ora, o Velho Homem do Mar, sem dúvida! – respondeu uma das donzelas. – Ele tem cinquenta filhas, que algumas pessoas dizem ser muito bonitas, mas não achamos apropriado conhecê-las pessoalmente, pois elas têm cabelos verde-mar e se adelgaçam como peixes. Você deve conversar com esse Velho Homem do Mar. Ele é uma pessoa que cruza por mares longínquos e sabe tudo sobre o Jardim das Hespérides, pois este se situa em uma ilha a que o Velho costumava visitar com frequência.

Hércules, então, perguntou onde mais provavelmente o Velho poderia ser encontrado. Quando as donzelas lhe informaram, ele agradeceu por toda a gentileza delas – pelo pão e pelas uvas com que o haviam alimentado, pelas lindas flores com que o coroaram e pelas canções e danças com que o honraram, e agradeceu, acima de tudo, por lhe indicarem o caminho certo – e partiu imediatamente em sua jornada.

Mas, enquanto ainda podia ouvi-las, uma das donzelas chamou-o.

– Segure bem firme o Velho quando você o pegar! – ela declarou, sorrindo e levantando o dedo para tornar o alerta mais digno de atenção. – Não se surpreenda com o que pode acontecer. Apenas segure-o com força, e ele lhe dirá o que você deseja saber.

Hércules agradeceu novamente e seguiu seu caminho, enquanto as donzelas retomavam seu agradável trabalho de fazer guirlandas de flores. Elas ainda falavam sobre o herói muito depois de ele ter partido.

– Vamos coroá-lo com a mais adorável de nossas guirlandas – disseram elas – quando ele voltar com as três maçãs de ouro, depois de matar o dragão de cem cabeças.

MITOS GREGOS PARA JOVENS LEITORES

Enquanto isso, Hércules viajava constantemente, passando por colinas e vales e atravessando bosques solitários. Às vezes, ele erguia a clava e estilhaçava um enorme carvalho com um golpe certeiro. Sua mente estava tão cheia de gigantes e monstros com quem passara a vida lutando que, talvez, ele confundisse a grande árvore com um gigante ou com um monstro. E Hércules estava tão ansioso para cumprir aquilo que havia se proposto a fazer que quase se arrependeu de ter passado tanto tempo com as donzelas, desperdiçando fôlego com a narrativa de suas aventuras. Mas isto é o que sempre acontece com pessoas destinadas a realizar grandes coisas: o que elas já fizeram parece menos do que nada; o que elas tomaram em mãos para fazer parece valer a labuta, o perigo e a própria vida.

As pessoas que porventura passavam pela floresta devem ter ficado horrorizadas ao vê-lo golpear as árvores com sua grande clava. Com um único golpe, o tronco era aberto como se atingido por um raio, e os grandes galhos vinham abaixo, farfalhando.

Avançando com pressa, sem nunca parar ou olhar para trás, ele gradativamente passou a ouvir o mar rugindo a distância. Por causa desse som, ele acelerou seus passos e logo chegou a uma praia, onde as grandes ondas caíam sobre a áspera areia, em uma longa linha de espuma como neve. Em uma das extremidades da praia, no entanto, havia um local agradável, no qual alguns arbustos verdes subiam por um penhasco, fazendo seu rosto rochoso parecer gentil e bonito. Um tapete de grama verdejante, em grande parte misturado com trevo de doce aroma, cobria o espaço estreito entre o fundo do penhasco e o mar. E o que Hércules avistou ali a não ser um velho, dormindo profundamente!

Mas era real e verdadeiramente um velho? Com certeza, à primeira vista, parecia-se bastante com um, mas, depois de uma inspeção mais minuciosa, parecia um tipo de criatura que vivia no mar. Pois nas pernas e nos braços havia escamas, como os peixes as têm; ele tinha membranas entre os dedos dos pés e das mãos, como um pato, e sua longa barba, de coloração esverdeada, tinha mais a aparência de um tufo de algas marinhas do que de uma barba comum. Vocês nunca viram um pedaço de madeira que esteve por muito tempo ao sabor das ondas, ficou coberto de cracas e, por fim, dando à praia, parece ter sido jogado do mais profundo abismo do mar? Bem, o velho homem teria feito você pensar exatamente em um mastro agitado pelas ondas! Mas Hércules, no instante em que pôs os olhos na figura estranha, convenceu-se de que aquele que deveria orientá-lo em seu caminho não poderia ser outro senão o Velho.

Sim, era o mesmo Velho Homem do Mar de quem as donzelas hospitaleiras haviam falado. Agradecendo às estrelas pela feliz coincidência de encontrar o velho sujeito adormecido, Hércules avançou na ponta dos pés na direção dele e o pegou pelo braço e pela perna.

– Diga-me – exclamou ele, antes que o Velho estivesse bem acordado –: qual é o caminho para o Jardim das Hespérides?

Como vocês podem facilmente imaginar, o Velho Homem do Mar acordou assustado. Mas seu espanto dificilmente foi maior do que o de Hércules, no instante seguinte. Pois, de repente, o Velho pareceu sumir-lhe das mãos, e ele se viu segurando um veado por uma perna dianteira e uma traseira! Ainda assim, ele o manteve firme. Então, o veado desapareceu e, em seu lugar, havia um pássaro marinho, batendo as asas e gritando, enquanto Hércules o prendia por uma asa e por uma garra! Mas o pássaro não conseguiu fugir. Imediatamente depois disso, havia ali um horrível cão de três cabeças, que rosnava e latia para Hércules e mordia ferozmente as mãos que o seguravam! Mas Hércules não o soltou. Passado mais um instante, em vez do cachorro de três cabeças, o que apareceu senão Gerião, o monstro-homem de seis pernas, chutando Hércules com cinco pernas, a fim de soltar a restante! Mas Hércules o segurou. Pouco a pouco, Gerião já não estava ali, mas uma serpente enorme, como uma daquelas que Hércules estrangulara na infância, mas cem vezes maior. E ela se enrolou e se enroscou no pescoço e no corpo do herói, ergueu a cauda e abriu as mandíbulas mortais como se fosse engoli-lo completamente! Isso foi, sem dúvida, um espetáculo horrível! Contudo, Hércules não ficou desanimado e apertou a grande serpente com tanta força que ela logo começou a sibilar de dor.

Vocês devem ter percebido que o Velho Homem do Mar, embora em geral se parecesse mais com uma escultura de proa de navio açoitada pelas ondas, tinha o poder de assumir qualquer forma que quisesse. Quando se viu tão fortemente agarrado por Hércules, ele teve esperança de deixá-lo tão surpreso e aterrorizado com essas transformações mágicas que o herói pudesse soltá-lo. Se Hércules tivesse relaxado seu aperto, o Velho certamente teria mergulhado no mais profundo mar, de onde não se daria ao trabalho de subir tão cedo para responder a quaisquer perguntas impertinentes. Noventa e nove de cada cem pessoas, eu suponho, teriam ficado apavoradas com a primeira de suas terríveis formas e teriam fugido imediatamente. Pois uma das coisas mais difíceis deste mundo é ver a diferença entre os perigos reais e os imaginários. Porém, como Hércules o segurou muito resolutamente, e apenas apertou o Velho com mais força a cada mudança de forma, e de fato aplicou-lhe uma não pequena tortura, este, por fim, achou melhor reaparecer em sua figura real. Então, lá estava ele de novo, um personagem com jeito de peixe e com pés de pato, com uma coisa que parecia um tufo de algas marinhas no queixo.

– Puxa, o que você quer comigo? – gritou o Velho, assim que conseguiu respirar, pois é bastante cansativo passar por tantas formas falsas. – Por que você me aperta tanto? Deixe-me ir embora neste momento ou vou começar a considerar você uma pessoa extremamente mal-educada!

– Meu nome é Hércules! – rugiu o poderoso estranho. – E você não vai se livrar de minhas garras enquanto não me disser o caminho mais próximo para o Jardim das Hespérides!

Quando o velho sujeito entendeu quem era aquele que o havia capturado, viu, logo de cara, que era necessário contar tudo o que ele queria saber. O Velho era um habitante do mar, vocês devem se lembrar, e vagueou por toda parte, como outras pessoas que navegam pelo mar. Obviamente, ele ouvira falar da fama de Hércules e das coisas maravilhosas que ele realizava constantemente em várias partes da Terra, e de como estava sempre determinado a completar tudo o que decidia fazer. O Velho, portanto, não fez mais tentativas de escapar, disse ao herói como encontrar o Jardim das Hespérides e o advertiu das muitas dificuldades que deveriam ser superadas antes que pudesse chegar lá.

– Você deve continuar, assim e assim – disse o Velho do Mar, depois de indicar os pontos cardeais na bússola –, até avistar um gigante muito alto, que sustenta o céu nos ombros. E, se estiver de bom humor, o gigante dirá exatamente onde fica o Jardim das Hespérides.

– E se o gigante não estiver de bom humor – observou Hércules, equilibrando a clava na ponta do dedo –, talvez eu possa encontrar meios de convencê-lo!

Agradecendo ao Velho Homem do Mar e pedindo perdão por tê-lo apertado com tanta força, Hércules retomou sua jornada. Ele passou por muitas aventuras estranhas que valeriam a pena ser ouvidas, se tivesse ele tempo de narrá-las tão minuciosamente quanto elas merecem.

Foi nessa jornada, se não me engano, que ele encontrou um gigante prodigioso, tão maravilhosamente elaborado pela natureza que, toda vez que tocava a terra, se tornava dez vezes mais forte do que antes. O nome dele era Anteu. Como vocês podem ver, era extremamente difícil lutar com um sujeito desses, pois, tantas vezes quantas era nocauteado, ele recomeçava a luta ainda mais forte, mais feroz e mais capaz de usar suas armas do que se seu inimigo o tivesse deixado em paz. Assim, quanto mais Hércules golpeava o gigante com sua clava, mais ele parecia encontrar a vitória escapando-lhe. Algumas vezes discuti com pessoas assim, mas nunca briguei com uma. A única maneira pela qual foi possível a Hércules terminar a batalha foi erguer Anteu do chão e apertá-lo, e apertá-lo, e apertá-lo, até que, por fim, quase toda a força foi arrancada de seu corpo enorme.

Quando concluiu esse caso, Hércules seguiu viagem e foi para a terra do Egito, onde foi preso e teria sido morto se antes não tivesse matado o rei do país e escapado. Ele atravessou os desertos da África e, avançando o mais rápido que podia, chegou finalmente à costa do grande oceano. Ali, a menos que ele pudesse andar sobre a crista das ondas, sua jornada parecia ter terminado.

Nada havia diante dele, exceto o oceano espumoso, enérgico e desmedido. Mas, de repente, enquanto olhava para o horizonte, ele viu algo a distância, que não tinha visto um momento antes. Era algo que brilhava muito, quase como quando se vê o disco redondo e dourado do sol ao nascer ou ao se pôr na borda do mundo. Evidentemente, aquilo se aproximava, pois, a cada instante, esse maravilhoso objeto tornava-se maior e mais resplandecente. Por fim, chegou tão perto que Hércules viu tratar-se de algo como uma imensa taça ou tigela, feita de ouro ou de bronze polido. Como ela podia flutuar no mar está além do que posso lhes contar. De qualquer forma, ali estava ela balançando sobre os tumultuosos vagalhões, que a lançavam para cima e para baixo, e erguiam suas cristas espumosas contra os lados do objeto, sem, contudo, espirrar água por cima da borda.

"Eu já vi muitos gigantes ao longo da minha vida", pensou Hércules, "mas nunca um que precisasse beber seu vinho em uma taça assim!".

E, de fato, que taça devia ter sido! Era tão grande, mas tão grande... bem, em suma, tenho medo de dizer quão imensuravelmente grande era. Para que vocês tenham uma ideia, era dez vezes maior que uma grande roda de moinho, e, embora fosse toda de metal, flutuava sobre as altas ondas mais levemente do que uma bolota de carvalho sobre um riacho. As ondas a empurravam para a frente, até que ela tocou a praia, a uma curta distância do local onde Hércules estava.

Assim que isso aconteceu, ele soube o que devia fazer, pois não passara por tantas aventuras notáveis sem aprender muito bem como deveria proceder sempre que algo um pouco fora do comum acontecia. Estava tão claro quanto a luz do dia que essa taça maravilhosa fora colocada à deriva por algum poder invisível e guiada até ali a fim de transportar Hércules pelo mar, a caminho do Jardim das Hespérides. Por isso, então, sem perder mais um minuto sequer, ele subiu pela borda e deslizou para dentro, onde, estendendo a pele do leão, pôs-se a descansar. Ele mal havia repousado, desde que se despedira das donzelas na margem do rio. As ondas correram, com um som agradável e vibrante, contra a circunferência daquela espécie de taça oca; balançava levemente para lá e para cá, e o movimento era tão suave que rapidamente Hércules estava em um sono profundo e agradável.

Provavelmente, seu sono já deveria ter durado um bom tempo quando a taça pareceu esbarrar contra uma pedra, ressoando e reverberando através de sua substância, seja de ouro, seja de bronze, cem vezes mais alto do que o som de um sino de igreja. O barulho despertou Hércules, que se levantou instantaneamente e olhou ao redor, tentando imaginar onde estava. Ele logo percebeu que a taça flutuara por grande parte do mar e se aproximava da costa de uma ilha. E, acreditem, vocês jamais adivinhariam o que ele viu lá!

Para mim, sem sombra de dúvida, esse foi o espetáculo mais maravilhoso já presenciado por Hércules em suas incríveis viagens e aventuras.

Era uma maravilha maior do que a hidra de nove cabeças, que cresciam duas vezes mais rápido do que eram cortadas; maior que o monstro--homem de seis pernas; maior que Anteu; maior do que qualquer coisa já vista por alguém, antes de Hércules ou desde sua existência, e até mesmo maior do que qualquer coisa que ainda será vista pelos viajantes em todos os tempos futuros. Era um gigante!

Realmente, era um gigante estupendamente grande! Tão alto quanto uma montanha, vasto a ponto de as nuvens o rodearem como um cinto e uma barba branca pendendo de seu queixo, enquanto flutuavam diante de seus enormes olhos, tornando-o incapaz de ver Hércules ou a taça de ouro em que ele viajava. O mais maravilhoso de tudo era que o gigante erguia as mãos imensas como se estivesse sustentando o próprio o céu, que, conforme Hércules pôde discernir através das nuvens, parecia repousar sobre a cabeça do gigante! Isso parece quase inacreditável, não é mesmo?

Enquanto isso, a taça brilhante continuava flutuando e, finalmente, tocou a praia. Nesse momento, uma brisa soprou as nuvens que estavam diante do rosto do gigante, revelando todas as suas enormes características: cada olho do tamanho de um lago distante, um nariz de quase dois quilômetros e uma boca da mesma largura. Seu semblante era terrível, devido à imensidão de seu tamanho, mas também desconsolado e cansado – o mesmo que vocês podem ver no rosto de muitas pessoas nos dias de hoje, quando são obrigadas a suportar fardos acima de suas forças. O céu era para o gigante o que as preocupações da terra são para aqueles que se deixam oprimir por elas. E, sempre que os homens assumem mais do que conseguem lidar com suas habilidades, acabam encontrando a mesma desgraça que ocorreu com esse pobre gigante.

Pobre sujeito! Era evidente que ele estava ali há um longo tempo. Uma floresta antiga crescera e se deteriora ao redor de seus pés, com carvalhos de seis ou sete séculos brotando de bolotas e forçando-se entre os dedos de seus pés.

O gigante olhou para baixo, da imensa altura de seus grandes olhos, e ao perceber Hércules, rugiu com uma voz que lembrava trovões saindo da nuvem que acabara de fugir de se afastar de seu rosto.

– Quem é você, aí a meus pés? E de onde você vem nessa pequena taça? – perguntou o gigante.

– Eu sou Hércules! – trovejou de volta o herói, com uma voz quase ou tão alta quanto a do gigante. – E eu estou procurando pelo Jardim das Hespérides!

– Rá! Rá! Rá! – rugiu o gigante, num imenso ataque de risos. – Essa é uma aventura sábia, de verdade!

– E por que não? – gritou Hércules, ficando um pouco zangado devido ao deboche do gigante. – Você acha que eu tenho medo do dragão com cem cabeças?

Nesse exato momento, enquanto conversavam, algumas nuvens negras se juntaram sobre o meio do gigante e explodiram em uma tremenda tempestade de trovões e relâmpagos, causando tanta perturbação que Hércules percebeu ser impossível distinguir uma palavra sequer. Apenas as imensuráveis pernas do gigante eram visíveis, erguendo-se na obscuridade da tempestade, e, de vez em quando, um vislumbre momentâneo de toda a sua figura envolta em uma massa de névoa. Ele parecia estar falando a maior parte do tempo, mas sua voz imensa, profunda e áspera soava ao mesmo tempo que as reverberações dos trovões e se perdiam pelas colinas, como eles. Assim, falando quando não devia, o gigante tolo gastava uma quantidade incalculável de fôlego, sem propósito algum, pois o trovão falava tão claramente quanto ele.

Por fim, a tempestade passou tão repentinamente quanto havia chegado. Lá estava novamente o céu claro, o gigante cansado segurando-o, e o agradável sol brilhando sobre sua vasta altura, iluminando-o contra o fundo das nuvens sombrias carregadas de trovão. Tão acima da chuva estava sua cabeça que nem um fio de cabelo foi umedecido por suas gotas!

Quando o gigante pôde ver Hércules ainda de pé na beira-mar, rugiu para ele novamente:

– Eu sou Atlas, o gigante mais poderoso do mundo! E seguro o céu sobre a cabeça!

– Isso eu estou vendo – respondeu Hércules. – Mas você pode me mostrar o caminho para o Jardim das Hespérides?

– O que você quer lá? – perguntou o gigante.

– Quero três maçãs de ouro – gritou Hércules –, para meu primo, o rei.

– Não há ninguém, além de mim mesmo – disse o gigante –, que pode ir ao Jardim das Hespérides e colher as maçãs de ouro. Se não fosse por essa pequena ocupação de sustentar o céu, eu daria meia dúzia de passos através do mar e as pegaria para você.

– Você é muito gentil – respondeu Hércules. – E você não pode descansar o céu sobre uma montanha?

– Nenhuma delas é alta o suficiente – disse Atlas, balançando a cabeça. – Mas, se você ficar em pé no cume daquela mais próxima, sua cabeça estará quase no mesmo nível que a minha. Você parece ser um sujeito com alguma força. E se você levasse meu peso sobre os ombros, enquanto eu realizo sua incumbência por você?

Hércules, como vocês devem lembrar com cuidado, era um homem notavelmente forte. Embora sustentar o céu certamente exigisse uma grandíssima força muscular, se algum mortal era capaz de tal feito heroico, este seria ele. No entanto, parecia uma empreitada tão difícil que, pela primeira vez em sua vida, Hércules hesitou.

– O céu é muito pesado? – ele perguntou.

– Bem... não particularmente, a princípio – respondeu o gigante, encolhendo os ombros. – Mas se torna um pouco pesado depois de mil anos!

– E quanto tempo – continuou o herói – você gastará para obter as maçãs de ouro?

– Ah, isso será feito em alguns instantes – exclamou Atlas. – Eu percorro entre quinze e vinte e cinco quilômetros com meus passos largos; estarei no jardim e voltarei antes que seus ombros comecem a doer.

– Bem, então – respondeu Hércules –, vou escalar a montanha atrás de você e aliviá-lo de seu fardo.

A verdade é que Hércules tinha um coração amável e considerou que estaria fazendo um favor ao gigante, proporcionando-lhe a oportunidade de perambular. Além disso, ele pensou que lhe traria ainda mais glória se pudesse se gabar de sustentar o céu do simplesmente vencer um dragão com cem cabeças. Assim, sem mais palavras, o céu foi tirado dos ombros de Atlas e colocado sobre os de Hércules.

Quando isso foi realizado com segurança, a primeira coisa que o gigante fez foi se esticar; e vocês podem imaginar que espetáculo prodigioso ele realizou na ocasião. Em seguida, levantou vagarosamente um dos pés para tirá-lo da floresta que havia crescido a seu redor; depois, o outro. Então, subitamente, começou a dar cambalhotas, a saltar e a dançar de alegria por sua liberdade; pulando para uma altura que ninguém podia medir e afundando novamente com um choque que fazia a terra tremer. Então, ele riu, "Rá! Rá! Rá!", com um rugido estrondoso que ecoou pelas montanhas, tanto as distantes quanto as próximas, como se elas e o gigante fossem irmãos muito alegres. Quando sua alegria diminuiu um pouco, ele entrou no mar: quinze quilômetros no primeiro passo, o que o levou à profundidade do meio da perna; mais quinze quilômetros no segundo, com a água subindo acima dos joelhos; e mais quinze quilômetros no terceiro, ficando imerso quase até a cintura. Essa era a maior profundidade do mar.

Hércules observou o gigante enquanto ele seguia, pois era realmente uma visão maravilhosa: aquela imensa forma humana, a mais de cinquenta quilômetros de distância, meio escondida no oceano, mas com a metade superior tão elevada, tão enevoada e tão azul quanto uma montanha distante. Por fim, a forma gigantesca desapareceu completamente de vista. Agora, Hércules começou a considerar o que deveria fazer caso Atlas se afogasse no mar ou se fosse picado até a morte pelo dragão com cem cabeças que guardava as maçãs de ouro das Hespérides. Se tal infortúnio acontecesse, como ele se livraria do céu? E, a propósito, o peso daquilo já começava a se tornar um pouco cansativo para sua cabeça e seus ombros.

"Tenho muita pena do pobre gigante", pensou Hércules. "Se isso me cansa tanto em dez minutos, o quanto deve tê-lo cansado em mil anos!"

Ah, meus queridos amiguinhos, vocês não têm ideia do peso que havia naquele mesmo céu azul, que parece tão delicado e etéreo acima de nossas cabeças! Além disso, havia a violência do vento, as nuvens frias e úmidas e o sol escaldante, todos se revezando para deixar Hércules desconfortável! Ele começou a temer que o gigante nunca mais voltasse. Olhou pensativamente para o mundo abaixo de si e reconheceu para si mesmo que ter o tipo de vida que um pastor levava no sopé de uma montanha era muito mais feliz do que permanecer em seu cume vertiginoso e sustentar o firmamento com sua capacidade e força física. Pois, como vocês, sem dúvida, entenderão facilmente, Hércules tinha uma imensa responsabilidade em mente, assim como um peso na cabeça e nos ombros. Ora, se ele não ficasse perfeitamente parado e mantivesse o céu imóvel, talvez o sol ficasse desalinhado! Ou, depois do anoitecer, muitas das estrelas poderiam se soltar do lugar e cair, como chuva de fogo, na cabeça das pessoas! E quão envergonhado o herói ficaria se, pela instabilidade sob o peso do céu, este sofresse uma rachadura e mostrasse uma grande fissura atravessando-o!

Não sei quanto tempo pensou nisso antes que, para sua indescritível alegria, ele visse a imensa forma do gigante, como uma nuvem, lá no distante horizonte do mar. Ao se aproximar, Atlas levantou a mão, na qual Hércules pôde vislumbrar três magníficas maçãs de ouro, do tamanho de abóboras, todas penduradas em um galho.

– Estou feliz em vê-lo novamente – gritou Hércules, quando o gigante já podia ouvi-lo. – Então, você conseguiu as maçãs de ouro?

– Certamente, certamente! – respondeu Atlas. – E são maçãs muito bonitas. Peguei as melhores que cresciam na árvore, eu lhe garanto. Ah, é um local bonito, aquele Jardim das Hespérides. Sim! E o dragão com cem cabeças é uma visão que todo homem merecia ver. No fim das contas, teria sido melhor você mesmo ter ido buscar as maçãs.

– Não importa – respondeu Hércules. – Você fez uma jornada agradável e concluiu o assunto da melhor maneira possível. Agradeço sinceramente por seu esforço. E agora, como tenho um longo caminho a percorrer, e estou com pressa, e como o rei, meu primo, está ansioso para receber as maçãs de ouro, você poderia fazer a gentileza de tirar o céu dos meus ombros novamente?

– Bem – disse o gigante, jogando as maçãs de ouro para cima, uns trinta quilômetros de altura, e pegando-as quando caíam. – Quanto a isso, meu bom amigo, considero você um tanto irracional. Será que eu não posso levar as maçãs de ouro para o rei, seu primo, muito mais rápido do que você levaria? Como Sua Majestade está com tanta pressa de tê-las, prometo a você que darei meus mais longos passos. Além disso, não estou muito disposto a carregar o céu neste momento.

Com isso, Hércules ficou impaciente e deu uma grande encolhida de ombros. Como estava no crepúsculo, vocês poderiam ter visto duas ou três estrelas cair do lugar. Todo mundo na Terra olhou para cima com terror, pensando que a seguir o céu viria a cair.

– Oh, não faça isso! – gritou o gigante Atlas, com um grande estrondo de riso. – Eu não deixei cair tantas estrelas assim nos últimos cinco séculos. Quando você ficar aí por tanto tempo quanto fiquei, começará a aprender a ter paciência!

– O quê? – gritou Hércules, com muita ira. – Você pretende me fazer carregar esse fardo para sempre?

– Vamos ver isso um dia desses – respondeu o gigante. – De qualquer forma, você não deve reclamar se tiver de carregar pelos próximos cem anos, ou talvez pelos próximos mil. Eu carreguei bem mais tempo do que isso, apesar da dor nas costas. Então, depois de uns mil anos, se eu estiver com boa disposição, podemos mudar de novo. Você é, sem sombra de dúvida, um homem muito forte e nunca terá uma oportunidade melhor de provar isso. A posteridade vai falar de você, eu garanto!

– Besteira! Sua conversa não vale um figo podre! – gritou Hércules, com outra mexida brusca dos ombros. – Apenas erga o céu sobre sua cabeça um instante, sim? Quero fazer uma almofada com minha pele de leão, para colocar o peso sobre ela. O céu realmente arranha minha pele, e vai provocar inconvenientes desnecessários por todos os séculos que devo ficar aqui.

– Isso é muito justo, e eu farei isso! – disse o gigante, já que ele não tinha sentimentos cruéis em relação a Hércules e estava apenas agindo com uma consideração muito egoísta a respeito do próprio bem-estar. – Por apenas cinco minutos, vou tomar de volta o céu. Apenas por cinco minutos, lembre-se! Não pretendo passar outros mil anos como passei os últimos. Variedade é o tempero da vida, eu digo.

Ah, que velho gigante trapaceiro e estúpido! Ele jogou as maçãs de ouro no chão e recebeu de volta o céu da cabeça e dos ombros de

Hércules, colocou-o sobre os próprios ombros, onde se encaixava corretamente. E Hércules pegou as três maçãs de ouro, que eram grandes como abóboras, ou maiores, e partiu imediatamente em sua jornada de volta para casa, sem prestar a menor atenção aos brados retumbantes do gigante, que gritava para que ele voltasse. Outra floresta lhe surgiu ao redor dos pés e ali envelheceu; e, de novo, podiam-se ver carvalhos de seis ou sete séculos de idade, que haviam envelhecido com o tempo entre seus enormes dedos.

E lá está o gigante até hoje; ou, de qualquer forma, lá está uma montanha tão alta quanto ele e que leva seu nome. Quando o trovão ribomba sobre seu cume, podemos imaginar que seja a voz do gigante Atlas berrando "Hércules!".

Lareira de Tanglewood: depois da história

– Primo Eustáquio – interpelou Samambaia, que estava sentado aos pés do contador de histórias, de boca aberta –, qual era exatamente a altura desse gigante?

– Oh, Samambaia, Samambaia! – lamuriou o estudante. – Você acha que eu estava lá para medi-lo com uma fita métrica? Bem, se você quer ter uma ideia, suponho que ele tivesse vinte e cinco quilômetros de pé, e que ele poderia sentar-se nas Tacônicas e usar a Montanha Monumento como banquinho para os pés.

– Caramba! – exclamou o bom garotinho, com um tipo de grunhido de satisfação. – Era um gigante mesmo! E quão comprido era o dedo mindinho?

– De Tanglewood até o lago – disse Eustáquio.

– É mesmo, era um gigante! – Samambaia repetiu, em êxtase com a precisão dessas medidas. – E quão largos, eu me pergunto, eram os ombros de Hércules?

– Isso é o que eu nunca consegui descobrir – respondeu o estudante. – Mas acho que eles deviam ser muito mais largos que os meus, ou que os de seu pai, ou que quase todos os ombros que se veem hoje em dia.

– Eu gostaria – sussurrou Samambaia, com a boca perto da orelha do estudante – que você me dissesse o tamanho de alguns dos carvalhos que cresciam entre os dedos do gigante.

– Eles eram maiores – disse Eustáquio – do que a grande castanheira que fica depois da casa do capitão Smith.

– Eustáquio – observou o sr. Pringle, após alguma consideração –, acho impossível expressar uma opinião a respeito dessa história que possa satisfazer, o mínimo que seja, seu orgulho pela autoria. Por favor, deixe-me aconselhá-lo a nunca mais interferir em um mito clássico. Sua imaginação é totalmente gótica e irá inevitavelmente "goticizar" tudo o que você toca. O efeito é como borrar uma estátua de mármore com tinta. E, agora, esse gigante! Como você pode se aventurar a fazer entrar a enorme e desproporcional massa dele entre os graciosos contornos da fábula grega, cuja tendência é reduzir até mesmo o extravagante a seus limites internos por meio de sua elegância que a tudo permeia?

– Eu descrevi o gigante tal como pareceu para mim – respondeu o estudante, bastante irritado. – E, se o senhor tivesse essa mesma relação com essas fábulas, a qual é necessária para remodelá-las, veria imediatamente que um antigo grego não tinha mais direito exclusivo a elas do que um ianque moderno tem. Elas são propriedade comum do mundo e de todos os tempos. Os poetas antigos as remodelaram à vontade, e elas se mostraram maleáveis em suas mãos, e por que não poderiam ser maleáveis também em minhas mãos?

O sr. Pringle não pôde segurar um sorriso.

– Além disso – continuou Eustáquio –, no momento em que se coloca um coração ardente, qualquer paixão ou afeto, qualquer moralidade

Mitos gregos para jovens leitores

humana ou divina, em um molde clássico, você faz dele algo diferente daquilo que era antes. Minha opinião é de que os gregos, ao tomarem posse dessas lendas (que eram o direito imemorial da humanidade desde o nascimento) e colocá-las em formas de indestrutível beleza, sem dúvida, porém frias e sem coração, causaram a todas as eras subsequentes um prejuízo incalculável.

– Que você, sem dúvida, nasceu para remediar – disse o sr. Pringle, rindo francamente. – Bem, bem, continue, mas siga meu conselho e nunca coloque nenhuma de suas caricaturas no papel. E, como seu próximo esforço, que tal tentar dar seu toque a alguma das lendas de Apolo?

– Ah, o senhor propõe isso como uma impossibilidade – observou o estudante, após um momento de meditação – e, com certeza, à primeira vista, a ideia de um Apolo gótico apresenta-se um tanto ridícula. Mas vou estudar bem sua sugestão, e não perco a esperança de ter sucesso.

Durante essa discussão, as crianças (que não entenderam uma palavra sequer) haviam ficado com muito sono e foram mandadas para a cama. Seu murmúrio sonolento foi ouvido ao subirem as escadas, enquanto um vento noroeste rugia alto entre as copas das árvores de Tanglewood, tocando um hino ao redor da casa. Eustáquio da Luz voltou ao estúdio e esforçou-se mais uma vez para elaborar alguns versos, mas adormeceu entre duas rimas.

O JARRO
MIRACULOSO

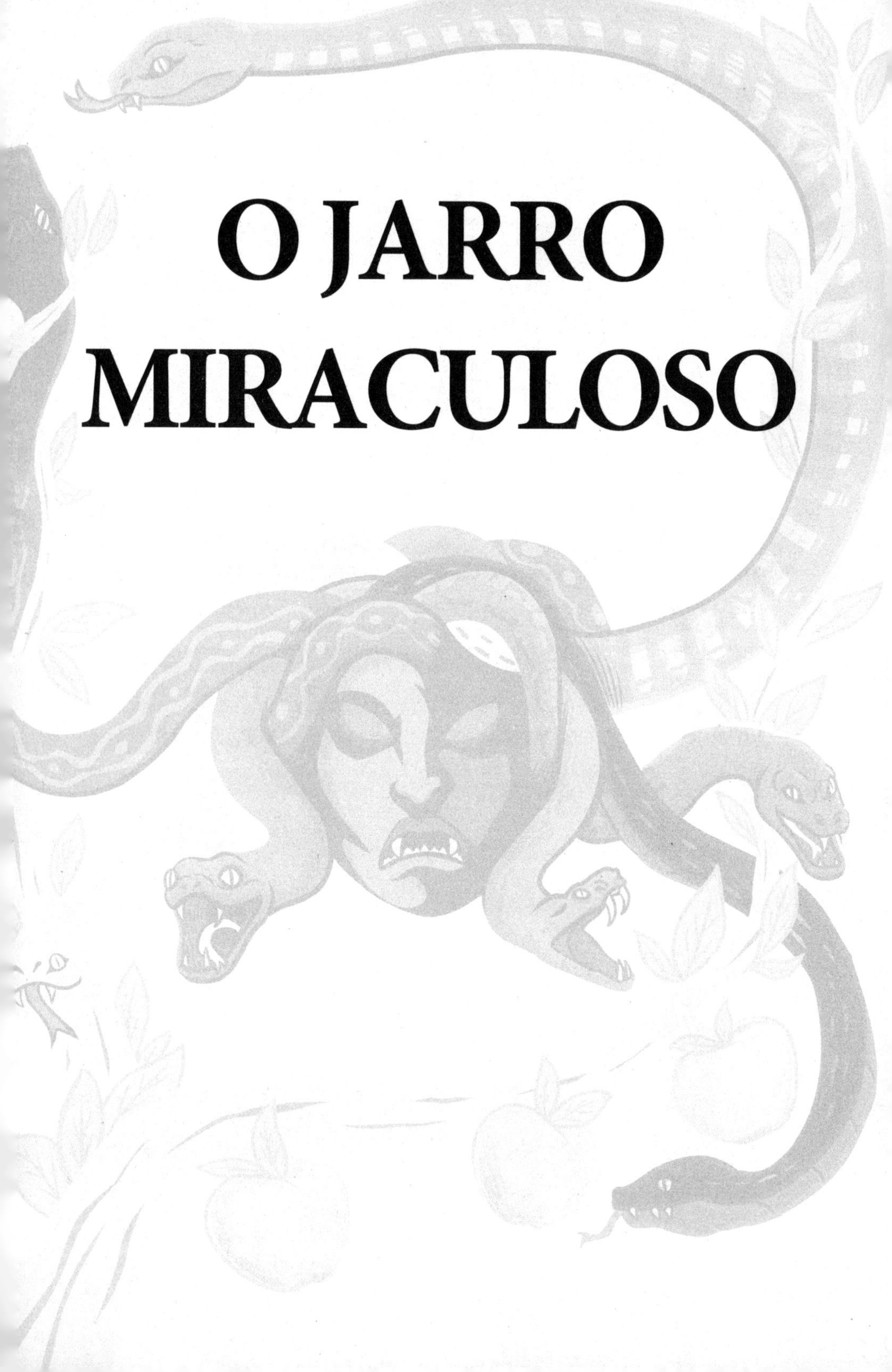

Encosta da colina: introdução a "O jarro miraculoso"

E quando e onde vocês acham que encontraremos as crianças a seguir? Não mais no inverno, mas no alegre mês de maio. Elas não estão mais no quarto de brinquedos de Tanglewood, nem perto da lareira, mas passando da metade de uma monstruosa colina, ou montanha, como talvez ela ficasse mais satisfeita se assim a chamássemos. Partiram de casa com o bem definido propósito de escalar essa alta colina até o ápice de seu topo careca. Certamente, não era tão alta quanto a Montanha Chimborazo ou o Mont Blanc, e era muito mais baixa que a velha Greylock. Mas, de qualquer forma, era mais alta que mil formigueiros ou que um milhão de montinhos de terra feitos por toupeiras; e, quando medida pelos passinhos das crianças pequenas, podia ser considerada uma montanha muito respeitável.

E o primo Eustáquio estava com o grupo? Disso você pode ter certeza; caso contrário, como o livro poderia avançar mais um passo? Ele agora estava no meio das férias de primavera e parecia tão bem quanto o vimos quatro ou cinco meses atrás, com exceção de que, se você olhasse atentamente para seu lábio superior, era possível discernir o bigodinho mais engraçado e minúsculo sobre ele. Deixando de lado essa marca de masculinidade madura, você pode considerar o primo Eustáquio tão garoto quanto aquele com quem você já se familiarizou. Ele estava tão alegre, tão brincalhão, tão bem-humorado, tão leve de pés e de disposição, e mantinha-se igualmente o favorito dos pequenos, como sempre esteve. Essa expedição montanha acima foi toda planejada por ele. Durante toda a subida íngreme, ele encorajou as crianças mais velhas com sua voz alegre, e, quando Dente-de-leão, Primavera e Flor de Abóbora se cansaram, ele as carregou alternadamente nas costas. Dessa maneira, eles passaram pelos pomares e pastos na parte inferior da colina e alcançaram a floresta, que se estende até o cume desfolhado.

O mês de maio, até aquele momento, tinha sido mais agradável do que o costume, e esse era um dia tão aprazível e ameno quanto o coração do homem ou da criança poderia desejar. Conforme subiam a colina, os pequenos haviam encontrado muitas violetas azuis e brancas, e outras que eram tão douradas como se tivessem recebido o toque de Midas. A mais sociável das flores, a pequena orgulho-de-vênus, era muito abundante. É uma flor que nunca vive sozinha, mas ama sua própria espécie e gosta de morar com muitos amigos e parentes ao redor. Às vezes, você vê uma família delas cobrindo um espaço não maior que a palma da mão, e, às vezes, uma grande comunidade, embranquecendo toda uma área de pasto, e todas mantendo-se felizes e de coração alegre.

À beira da floresta, havia aquilégias, parecendo mais pálidas do que vermelhas, porque eram muito modestas e achavam apropriado se afastarem ansiosamente do sol. Também havia gerânios silvestres e mil botões brancos nos morangueiros. O arbusto ainda não havia florescido totalmente, mas escondia suas preciosas flores sob as folhas secas da floresta caídas no ano anterior, com o mesmo cuidado que uma mamãe-pássaro esconde seus filhotes. Ele sabia, suponho, quão bonitas e perfumadas elas eram. O ato de escondê-las era tão habilidoso que as crianças, às vezes, sentiam a delicada riqueza do perfume das flores antes de saberem de onde ele vinha.

Em meio a tanta vida nova, era estranho e verdadeiramente lamentável observar, aqui e ali, nos campos e nas pastagens, as brancas perucas de dentes-de-leão que já haviam se espalhado. Elas haviam terminado o verão antes de o verão chegar. Dentro daqueles pequenos globos de sementes aladas, agora era outono!

Bem, mas não devemos desperdiçar nossas valiosas páginas com mais conversas sobre primavera e flores silvestres. Há algo, é nossa expectativa, mais interessante sobre o que falar. Se você olhar para o grupo de crianças, poderá vê-las todas reunidas ao redor de Eustáquio da Luz, que, sentado no tronco de uma árvore, parece estar começando agorinha mesmo uma história. O fato é que a parte mais jovem da tropa descobriu que são necessários muitos de seus passos curtos para medir a longa subida da colina. O primo Eustáquio, portanto, decidiu deixar Samambaia, Primavera, Flor de Abóbora e Dente-de-leão neste ponto, no meio do caminho, até que o restante da turma voltasse do cume. E, como eles reclamam um pouco e não gostam muito de ficar para trás, ele lhes dá algumas maçãs que tirou do bolso e propõe contar-lhes uma história muito bonita. Então, eles se animam e mudam de um olhar triste para um amplo sorriso.

Quanto à história, eu estava lá para ouvi-la, escondido atrás de um arbusto, e a contarei a você nas páginas seguintes.

O jarro miraculoso

Uma noite, em tempos distantes, o velho Filemom e sua velha esposa, Baucis, estavam sentados à porta de sua cabana, apreciando o belo e calmo pôr do sol. Eles já haviam jantado e pretendiam passar uma ou duas horas sossegados antes de dormir. Então, conversaram sobre seu jardim, sua vaca, suas abelhas e suas videiras, que escalavam a parede da cabana e nas quais as uvas começavam a ficar roxas. Mas os gritos grosseiros de crianças e o latido feroz de cães na aldeia próxima aumentavam cada vez mais, até que, por fim, era quase impossível para Baucis e Filemom ouvirem um ao outro.

– Ah, mulher – exclamou Filemom –, temo que algum pobre viajante esteja buscando hospitalidade entre nossos vizinhos e, em vez de lhe dar comida e alojamento, soltaram os cachorros nele, como é seu costume!

– Infelizmente! – respondeu Baucis. – Eu gostaria que nossos vizinhos tivessem um pouco mais de bondade para com seus semelhantes. E pensar que criam os filhos dessa maneira malcriada e lhes dão tapinhas na cabeça quando atiram pedras em estranhos!

MITOS GREGOS PARA JOVENS LEITORES

– Essas crianças nunca serão boas – disse Filemom, balançando a cabeça branca. – Para dizer a verdade, mulher, eu não me surpreenderei se algo terrível acontecer a todas as pessoas da vila, se elas não mudarem seu jeito de agir. Mas, quanto a você e a mim, desde que a Providência nos dê uma casca de pão, estaremos prontos a dar metade a qualquer estranho pobre e sem-teto que aqui chegue e precise de alimento.

– Está certo, querido! – disse Baucis. – É isso que queremos!

Esses idosos, vocês devem saber, eram muito pobres e tinham de trabalhar bastante para sobreviver. O velho Filemom trabalhava incansavelmente no jardim, enquanto Baucis estava sempre ocupada com suas atividades, fazendo um pouco de manteiga e queijo com o leite de vaca, ou realizando outras tarefas na cabana. Em suas refeições raramente tinham algo além de pão, leite e legumes, às vezes uma porção de mel da colmeia e, de vez em quando, um cacho de uvas que havia amadurecido na parede da cabana. Contudo, eles eram dois dos idosos mais gentis do mundo e jamais recusariam compartilhar seu jantar em qualquer dia, oferecendo uma fatia do pão de centeio, um copo de leite fresco e uma colher de mel ao cansado viajante que batesse à sua porta. Eles sentiam como se esses convidados tivessem uma espécie de santidade e, portanto, deveriam tratá-los da forma mais generosa que podiam.

A cabana ficava em um terreno elevado, a curta distância de uma vila situada em um vale amplo que tinha cerca de um quilômetro de largura. Em eras passadas, quando o mundo era novo, esse vale provavelmente foi o leito de um lago. Lá, os peixes tinham deslizado de um lado para o outro nas profundezas, e plantas aquáticas haviam crescido ao longo da margem, e árvores e colinas viam suas imagens refletidas no amplo e tranquilo espelho. No entanto, à medida que as águas diminuíram, os homens cultivaram o solo e construíram casas sobre ele, de modo que agora era um local fértil e não apresentava vestígios do antigo lago, exceto um riacho muito pequeno, que serpenteava no meio da vila e abastecia os habitantes com água. O vale já era terra seca há tanto tempo que os carvalhos brotaram, tornaram-se grandes e altos, pereceram com a velhice e foram sucedidos por outros, tão altos e imponentes quanto os primeiros. Nunca houve um vale mais bonito ou mais frutífero. A própria visão da abundância a seu redor deveria ter tornado os habitantes amáveis, gentis e prontos para mostrar sua gratidão à Providência, fazendo o bem aos semelhantes.

Mas, lamentamos dizer, as pessoas dessa adorável vila não eram dignas de morar em um local ao qual o céu sorrira de maneira tão beneficente. Era um povo muito egoísta e de coração duro, e não tinham pena dos pobres nem simpatia pelos desabrigados. Eram pessoas que ririam se alguém lhes dissesse que os seres humanos têm uma dívida de amor uns com os outros, pois não há outro método de pagamento da dívida de amor e de carinho que todos nós temos com a Providência. Vocês quase não acreditarão no que vou lhes dizer. Essas pessoas perversas ensinavam os filhos a não serem melhores do que eles e costumavam aplaudir, como forma de encorajamento, quando viam meninos e meninas correndo atrás de algum pobre estranho, gritando e atirando-lhe pedras. Elas tinham cães grandes e ferozes, e, sempre que um viajante se arriscava a aparecer na rua da vila, essa matilha de vira-latas desagradáveis corria para encontrá-lo, latindo, rosnando e mostrando os dentes. Então, os cães o agarravam pela perna ou pelas roupas, ou onde conseguissem; e, se ele já estivesse esfarrapado ao chegar, geralmente se tornava um objeto digno de pena antes que tivesse tempo de fugir. Isso era algo muito terrível com os pobres viajantes, como vocês podem imaginar, especialmente quando acontecia a doentes, fracos, coxos ou velhos. Se essas pessoas soubessem quão cruel aquele povo era, com

seus filhos e vira-latas desagradáveis, passariam a quilômetros e quilômetros de distância da estrada que levava ao povoado, em lugar de
tentar atravessar a aldeia novamente.

O que faz a coisa toda parecer ainda pior, se isso é possível, é que,
quando pessoas ricas chegavam em suas carruagens ou cavalgando belos
cavalos, com seus empregados em ricas librés lhes servindo, ninguém
podia ser mais civilizado e obsequioso do que os habitantes da vila.
Eles tiravam o chapéu e faziam as mais humildes saudações que vocês
já viram. Se as crianças fossem rudes, elas tinham quase certeza de que
levariam um tapão nas orelhas; e, quanto aos cães, se um único vira-lata
no bando pensasse em latir, seu dono imediatamente o espancaria com
um pedaço de pau e o amarraria sem comida. Tudo isso é muito bom
só para provar que os moradores se preocupavam bastante com quanto
dinheiro um estranho tinha no bolso e nada com a alma humana, a qual
vive igualmente no mendigo e no príncipe.

Então, agora vocês podem entender por que o velho Filemom falou
com tanta tristeza quando ouviu os gritos das crianças e os latidos dos
cães, na extremidade mais distante da rua da vila. Houve um ruído
confuso que durou um bom tempo e pareceu atravessar toda a largura
do vale.

– Eu nunca ouvi os cães latindo tão alto! – observou o bom velho.

– Nem as crianças serem tão rudes! – respondeu sua boa e velha
esposa.

Eles sentaram balançando a cabeça um para o outro, enquanto o
barulho se aproximava cada vez mais, até que, na base da pequena
colina em que ficava a cabana, viram dois viajantes se aproximando a
pé. Logo atrás deles vinham os cães ferozes, rosnando nos calcanhares
dos homens. Um pouco mais longe, corria uma multidão de crianças
que davam gritos estridentes e atiravam pedras nos dois estranhos com

toda a força. Uma ou duas vezes, o mais jovem dos dois homens, uma figura esbelta e muito vigorosa, se virou e fez os cães recuarem com um cajado que carregava na mão. Seu companheiro, uma pessoa muito alta, caminhava calmamente como se ignorasse as crianças malcriadas e a matilha de vira-latas, cujas maneiras as crianças pareciam imitar.

Ambos os viajantes estavam vestidos muito humildemente e pareciam não ter dinheiro suficiente no bolso para pagar por uma noite de hospedagem. E este, eu receio, era o motivo pelo qual os moradores permitiram que seus filhos e cães os tratassem com tanta grosseria.

– Venha, mulher – disse Filemom a Baucis –, vamos acolher essas pobres pessoas. Sem dúvida, elas se sentem cansadas demais para subir a colina.

– Vá em frente e encontre-os – respondeu Baucis –, enquanto eu me apresso lá dentro para ver se conseguimos algo para que eles possam jantar. Uma reconfortante tigela de leite e pão fariam maravilhas para elevar os ânimos.

E, assim, ela correu para a cabana. Filemom, por sua vez, avançou e estendeu a mão com um ar tão hospitaleiro que não havia necessidade de dizer o que, no entanto, ele disse, no tom mais sincero que se possa imaginar:

– Bem-vindos, forasteiros! Bem-vindos!

– Obrigado! – respondeu o mais novo dos dois, de maneira animada, apesar de seu cansaço e do aborrecimento. – Essa é uma saudação bem diferente da que encontramos lá na aldeia. Puxa! Por que você mora em uma vizinhança tão ruim?

– Ah! – observou o velho Filemom, com um sorriso sereno e bondoso. – A Providência me colocou aqui, espero, entre outras razões, para que eu possa oferecer a vocês o acolhimento que me for possível pela falta de hospitalidade de meus vizinhos.

MITOS GREGOS PARA JOVENS LEITORES

– Belas palavras, meu senhor! – clamou o viajante, rindo. – E, se a verdade deve ser dita, meu companheiro e eu precisamos de alguma ajuda. Essas crianças (os pequenos patifes!) nos sujaram bastante com suas bolas de lama, e um dos vira-latas rasgou minha capa, que já estava suficientemente esfarrapada. Mas eu o acertei no focinho com meu cajado, e acho que você o ouviu gritar, embora tão longe.

Filemom ficou feliz em vê-lo com tão bom humor; de fato, vocês nem teriam imaginado, pela aparência e pelos modos do viajante, que ele estava cansado da longa jornada de um dia, além de estar desalentado com o tratamento grosseiro ao final dela. Ele estava vestido de maneira bastante estranha, com uma espécie de boné na cabeça, cuja aba se destacava sobre as duas orelhas. Embora fosse uma noite de verão, ele usava uma capa, a qual ele mantinha bem enrolada em volta do corpo, talvez porque suas roupas íntimas estivessem surradas. Filemom percebeu também que ele usava um estranho par de calçados, mas, como já estava anoitecendo, e como a visão do velho não era das mais apuradas, ele não sabia dizer com precisão em que consistia a estranheza. Mas, certamente, alguma coisa parecia estranha. O viajante era tão maravilhosamente leve e animado que, às vezes, parecia que seus pés se erguiam do chão por vontade própria ou que só podiam ser mantidos no chão por meio de um esforço.

– Na minha juventude, eu costumava ser ágil – disse Filemom ao viajante. – Mas sempre achei que meus pés ficavam mais pesados conforme se aproximava o anoitecer.

– Não há nada como um bom cajado para ajudar a seguir em frente – respondeu o estranho –, e eu tenho um excelente, como você pode ver.

De fato, esse cajado era o mais estranho que Filemom já havia visto. Era de madeira de oliveira e tinha algo como um pequeno par de asas perto do topo. Havia também duas serpentes, esculpidas na madeira, entrelaçando-se sobre o cajado, e executadas com tanta habilidade que o velho Filemom (cujos olhos, vocês sabem, estavam ficando bastante obscurecidos) quase as tomou por vivas, e que podia vê-las se enroscando e contorcendo.

– Um trabalho curioso, com certeza! – disse ele. – Um cajado com asas! Seria um excelente tipo de bastão para um garotinho andar a cavalo sobre ele!

A essa altura, Filemom e os dois convidados chegaram à porta da cabana.

– Amigos – disse o idoso, – sentem-se e descansem aqui neste banco. Minha boa esposa, Baucis, foi ver o que teremos para o jantar. Somos pobres, mas vocês serão bem-vindos ao que tivermos no armário.

O estrangeiro mais jovem se jogou descuidadamente no banco, deixando cair o cajado enquanto o fazia. E aqui aconteceu algo bastante maravilhoso, embora também muito trivial. O cajado parecia levantar-se do chão por vontade própria e, abrindo seu pequeno par de asas, ele meio que pulou, meio que voou e se encostou na parede da cabana. Lá ficou bem parado, exceto pelo fato de que as cobras continuavam se retorcendo. Mas, em minha opinião, a visão do velho Filemom estava lhe pregando peças novamente.

Antes que ele pudesse fazer alguma pergunta, o estranho mais velho desviou sua atenção do cajado maravilhoso, falando com ele.

– Não havia – perguntou o estranho, em um tom de voz notavelmente profundo – um lago, em tempos muito antigos, cobrindo o local onde agora fica a distante vila?

– Não é de meu tempo, amigo – respondeu Filemom –, e já sou um homem velho, como você pode ver. Aqui sempre houve campos e prados, como são agora, e as árvores antigas e o pequeno córrego que murmura pelo meio do vale. Nem meu pai nem o pai dele jamais o

MITOS GREGOS PARA JOVENS LEITORES

viram de outra forma, até onde sei, e, sem dúvida, continuará sendo o mesmo quando o velho Filemom partir e for esquecido!

– Isso é mais do que se pode predizer com segurança – observou o estrangeiro; e havia algo muito severo em sua voz profunda. Ele balançou a cabeça também, para que seus cachos escuros e pesados fossem sacudidos pelo movimento. – Uma vez que os habitantes da distante vila esqueceram os afetos e as simpatias de sua natureza, seria melhor que o lago voltasse a ondular sobre suas habitações!

O viajante parecia tão severo que Filemom ficou, de verdade, quase assustado; mais ainda porque, em sua testa franzida, o crepúsculo pareceu subitamente ficar mais escuro e porque, quando ele balançou a cabeça, houve um ribombar de trovão no ar.

Mas, um momento depois, o rosto do estrangeiro tornou-se tão gentil e ameno que Filemom se esqueceu do terror. No entanto, ele não pôde deixar de sentir que esse viajante mais velho não era uma pessoa comum, embora estivesse agora vestido com tanta humildade e viajando a pé. Não que Filemom o imaginasse um príncipe disfarçado ou qualquer personagem desse tipo; mas, antes, pensou ser um homem extremamente sábio, que percorria o mundo com esse traje pobre, desprezando a riqueza e todos os objetos mundanos e procurando em todos os lugares acrescentar alguma coisinha a sua sabedoria. Essa ideia lhe pareceu a mais provável, pois, quando Filemom levantou os olhos para o rosto do estranho, pareceu-lhe ver mais pensamentos ali, em um olhar, do que os que poderia ter estudado ao longo da vida.

Enquanto Baucis providenciava o jantar, os viajantes começaram a conversar de modo muito agradável com Filemom. O mais jovem era, de fato, extremamente eloquente e fazia comentários tão perspicazes e espirituosos que o bom velhinho ria continuamente, e dizia ser aquele o sujeito mais alegre que já havia visto.

– Por favor, meu jovem amigo – disse ele, enquanto se familiariza-vam –, como posso chamá-lo?

– Bem, eu sou muito ágil, como você pode ver – respondeu o via-jante. – Então, se me chamar de Azougue, o nome se encaixará razoa-velmente bem.

– Azougue? Azougue? – repétiu Filemom, olhando para o rosto do viajante, a fim de ver se estava zombando dele. – É um nome muito incomum! E seu companheiro ali? Ele tem um nome estranho assim?

– Você deve pedir ao trovão que lhe conte! – respondeu Azougue, fazendo um olhar misterioso. – Nenhuma outra voz é alta o suficiente.

Essa observação, fosse séria ou de brincadeira, poderia ter levado Filemom a ter grande medo do estranho mais velho, se, ao se aventu-rar a olhá-lo, não tivesse visto tanta benevolência em seu rosto. Mas, sem dúvida, aqui estava a mais grandiosa figura que já se sentara tão humildemente ao lado da porta de uma cabana. Quando o estranho conversava, era com gravidade e de tal maneira que Filemom se sentiu irresistivelmente movido para lhe contar tudo o mais que ele tinha no coração. Esse é sempre o sentimento que as pessoas têm quando en-contram alguém sábio o suficiente para compreender todo o bem e o mal nelas e a não menosprezar nem um nadinha deles.

Mas o velho Filemom, simples e de bom coração que era, não tinha muitos segredos a revelar. Ele falou, no entanto, de maneira bastante tagarela, sobre os acontecimentos anteriores de sua vida, ao longo da qual nunca esteve a mais de poucos quilômetros daquele mesmo local. Ele e sua esposa, Baucis, haviam morado na cabana desde a juventude, ganhando o pão com trabalho honesto, sempre pobres, porém contentes. Ele contou sobre os excelentes queijos e manteigas que Baucis fazia, e quão bons eram os vegetais que ele cultivava em seu jardim. Ele tam-bém disse que, por se amarem tanto, era desejo de ambos que a morte não os separasse, mas que eles morressem assim como viveram: juntos.

MITOS GREGOS PARA JOVENS LEITORES

Enquanto o estranho ouvia, um sorriso brilhou em seu rosto e fez sua expressão tão doce quanto grandiosa.

– Você é um bom homem – disse ele a Filemom – e tem uma boa esposa para ajudá-lo. É adequado que seu desejo seja atendido.

E pareceu a Filemom que, naquele momento, as nuvens ao pôr do sol lançavam um clarão vindo do oeste e irradiavam uma repentina luz no céu.

Baucis já havia preparado o jantar e, chegando à porta, começou a pedir desculpas pela singela refeição que era forçada a oferecer aos convidados.

– Se soubéssemos que vocês estavam vindo – disse ela –, meu bom homem e eu teríamos ficado sem comer qualquer pedacinho, para que a vocês não faltasse uma ceia melhor. Mas tomei a maior parte do leite de hoje para fazer queijo, e nosso último pão já está meio comido. Oh, céus! Nunca sinto a tristeza de ser pobre, salvo quando um pobre viajante bate à nossa porta.

– Tudo vai ficar muito bem! Não se preocupe, minha boa dama – respondeu o estrangeiro mais velho, gentilmente. – Uma recepção honesta e calorosa a um hóspede faz milagres com a refeição e é capaz de transformar o alimento mais comum em néctar e ambrosia.

– Vocês terão boas-vindas – exclamou Baucis – e também um pouco do mel que nos resta, além de um cacho de uvas roxas.

– Puxa, mãe Baucis, isso é um banquete! – exclamou Azougue, rindo. – Um absoluto banquete! E você verá quão bravamente vou fazer minha parte nele! Acho que nunca me senti tão faminto em toda a minha vida.

– Misericórdia de nós! – sussurrou Baucis para o marido. – Se este jovem tem um apetite tão terrível, receio que não haja nem metade de uma ceia suficiente!

Todos entraram na cabana.

E agora, meus pequenos ouvintes, devo dizer-lhes uma coisa que fará vocês arregalarem os olhos. É realmente uma das circunstâncias mais estranhas de toda a história. O cajado de Azougue, vocês lembram, havia se apoiado contra a parede da cabana. Bem; quando seu mestre entrou pela porta, deixando para trás esse maravilhoso cajado, o que ele fez senão imediatamente abrir suas pequenas asas e ir pulando e subindo os degraus da porta?! Tac, tac, ia o cajado pelo chão da cozinha, sem descansar, até que ficou em pé, com a maior gravidade e decoro, ao lado da cadeira de Azougue. O velho Filemom, no entanto, assim como sua esposa, ficaram tão ocupados em atender os convidados que não notaram o que o cajado havia feito.

Como Baucis dissera, havia apenas uma ceia escassa para dois viajantes famintos. No meio da mesa estava o restante de um pão de centeio, com um pedaço de queijo de um lado e um prato de favo de mel do outro. Havia um bom cacho de uvas para cada um dos convidados. No canto da mesa estava um jarro de barro de tamanho médio, quase cheio de leite. E, quando Baucis encheu duas tigelas e as colocou diante dos estrangeiros, restou apenas um pouco de leite no fundo do jarro. Ai! É um assunto muito triste quando um coração generoso se vê apertado e oprimido por circunstâncias de insuficiência. Se fosse possível, a pobre Baucis desejaria passar fome por uma semana para proporcionar a essas pessoas famintas uma ceia mais abundante.

E, como a ceia era excessivamente pouca, ela nada podia fazer a não ser desejar que o apetite deles não fosse tão grande. Pois, tão logo se sentaram, os viajantes beberam todo o leite nas tigelas com um só gole.

– Um pouco mais de leite, gentil mãe Baucis, por gentileza – disse Azougue. – O dia está quente, e tenho muita sede.

– Bem, meus queridos senhores – respondeu Baucis, bastante embaraçada –, sinto muitíssimo e estou envergonhada! Mas a verdade é

MITOS GREGOS PARA JOVENS LEITORES

que não há nem mesmo uma gota a mais de leite no jarro. Ah, querido! Querido! Por que não ficamos nós sem nossa ceia?

– Puxa! Parece-me – exclamou Azougue, saindo da mesa e pegando o jarro pela alça –, realmente me parece que as coisas não estão tão ruins quanto você as apresenta. Eis que certamente há mais leite no jarro.

Assim dizendo, e para grande surpresa de Baucis, ele começou a encher não apenas a própria tigela, mas também a do companheiro, com o jarro que deveria estar quase vazio. A boa mulher mal podia acreditar em seus olhos. Ela com certeza verteu quase todo o leite e depois espiou dentro e viu o fundo do jarro, enquanto o colocava sobre a mesa.

"Mas eu estou velha", pensou Baucis consigo mesma, "e provavelmente esquecida. Acho que cometi um erro. De qualquer modo, o jarro agora não pode deixar de estar vazio, depois de encher as tigelas duas vezes".

– Que leite excelente! – observou Azougue, depois de tomar o conteúdo da segunda tigela. – Com licença, minha gentil anfitriã, mas realmente preciso pedir-lhe um pouco mais.

Agora Baucis tinha visto, tão claramente quanto podia ver qualquer coisa, que Azougue havia virado o jarro de cabeça para baixo e, desse modo, derramado cada gota de leite ao encher a última tigela. Com toda certeza, não teria sobrado leite algum. No entanto, para que ele soubesse exatamente qual era a situação, ela levantou o jarro e fez um gesto como se estivesse derramando leite na tigela de Azougue, mas sem a mínima ideia de que leite pudesse ser vertido dali. Qual foi sua surpresa, portanto, quando uma cascata tão abundante caiu espumante na tigela, que foi imediatamente enchida até a borda e transbordou sobre a mesa! As duas serpentes que se contorciam pelo cajado de Azougue (mas nem Baucis nem Filemom observaram essa circunstância) esticaram a cabeça e começaram a lamber o leite derramado.

E que fragrância deliciosa o leite tinha! Parecia que a única vaca de Filemom havia pastado naquele dia na mais rica pastagem que se poderia encontrar em qualquer lugar do mundo. Desejo apenas que cada uma de vocês, minhas amadas alminhas, tenha uma tigela de leite tão agradável na hora do jantar!

– Agora uma fatia de pão de centeio, mãe Baucis – disse Azougue –, e um pouco desse mel!

Baucis cortou uma fatia para ele, e, embora o pão, quando ela e o marido o comeram, estivesse muito seco e cascudo para ser palatável, agora estava tão leve e úmido como se tivesse saído há poucas horas do forno. Provando uma migalha que caíra sobre a mesa, ela a achou mais deliciosa do que qualquer pão anterior, e mal podia acreditar que era um pedaço de seu próprio amassar e assar. No entanto, que outro pão poderia ser?

Mas, ah, o mel! Eu poderia simplesmente deixá-lo de lado, sem tentar descrever quão primorosos eram seu aroma e sua aparência. Sua cor assemelhava-se ao mais puro e transparente ouro e exalava o perfume de mil flores. No entanto, eram flores que jamais desabrocharam em um jardim terrestre. As abelhas devem ter voado muito além das nuvens para encontrar essas flores. A maravilha é que, depois de pousarem em um canteiro de flores com uma fragrância tão deliciosa e beleza imortal, elas retornaram satisfeitas à colmeia no jardim de Filemom. Nunca antes se degustou, viu ou sentiu um mel como aquele. O perfume flutuava pela cozinha, tornando-a tão agradável que, ao fechar os olhos, instantaneamente vocês esqueceriam o teto baixo e as paredes enfumaçadas e se imaginariam em um caramanchão, com madressilvas celestiais se espalhando sobre ele.

Mesmo sendo uma simples senhora já idosa, a boa mãe Baucis não podia deixar de pensar que havia algo bastante fora do comum em tudo

MITOS GREGOS PARA JOVENS LEITORES

o que estava acontecendo. Então, depois de servir pão e mel aos convidados e colocar um cacho de uvas no prato de cada um, ela sentou ao lado de Filemom e sussurrou-lhe o que tinha visto.

– Você já viu algo assim? – perguntou ela.

– Não, eu nunca vi – respondeu Filemom, sorrindo. – E acho que você, minha querida esposa, está vivendo uma espécie de sonho. Se eu tivesse vertido o leite, teria entendido a coisa toda de uma vez. Aconteceu de haver um pouco mais no jarro do que você pensava. Foi só isso.

– Ah, querido – disse Baucis –, você pode dizer o que quiser, mas eles são pessoas muito incomuns.

– Bem, bem – respondeu Filemom, ainda sorrindo –, talvez sejam. Certamente parecem ter visto dias melhores, e meu coração se alegra em vê-los fazendo uma ceia tão agradável.

Cada um dos convidados já havia tomado o cacho de uvas do prato. Baucis, que esfregava os olhos para ver com mais clareza, tinha impressão de que os cachos haviam se tornado maiores e mais vistosos. Cada uva extraída parecia estar prestes a explodir com delicioso suco. Era um mistério completo para ela como essas uvas poderiam ter sido produzidas na velha vinha atrofiada que subia pela parede da cabana.

– Uvas muito admiráveis essas! – observou Azougue, enquanto engolia uma após a outra, sem aparentemente diminuir seu cacho. – Puxa! Meu bom anfitrião, de onde você as colheu?

– De minha própria videira – respondeu Filemom. – Você pode ver um de seus galhos cruzando pela janela, ali atrás. Mas minha esposa e eu nunca pensamos que as uvas fossem tão boas.

– Eu nunca provei melhor – disse o convidado. – Mais uma taça desse delicioso leite, por favor, e terei tido ceia melhor do que a de um príncipe.

Dessa vez, o velho Filemom se apressou em pegar o jarro, curioso para descobrir se havia alguma verdade nas maravilhas que Baucis lhe sussurrara. Ele sabia que sua boa esposa era incapaz de falsidade e raramente se enganava sobre o que supunha ser verdade. Contudo, esse era um caso tão singular que ele queria ver com os próprios olhos. Então, ao pegar o jarro, ele espiou furtivamente para dentro e ficou totalmente satisfeito, pois não continha nem uma única gota de leite. De repente, uma pequena fonte branca jorrou do fundo do jarro, enchendo-o até a borda com leite espumoso e deliciosamente fragrante. Por sorte, Filemom, embora surpreso, não deixou o jarro miraculoso escapar de suas mãos.

– Quem são vocês, estranhos que operam maravilhas? – exclamou ele, ainda mais perplexo do que sua esposa.

– Seus convidados, meu bom Filemom, e seus amigos – respondeu o viajante mais velho, com sua voz suave e profunda, que tinha, ao mesmo tempo, algo de doce e inspirador de reverência. – Dê-me, da mesma forma, uma taça de leite, e que seu jarro nunca fique vazio para a gentil Baucis e você, assim como para os caminhantes necessitados!

Terminada a ceia, os estranhos pediram para serem conduzidos ao local onde repousariam. Os idosos continuaram conversando alegremente com eles por mais algum tempo, expressando quão maravilhados estavam e seu prazer em perceber que a ceia modesta e escassa havia se mostrado muito melhor e mais abundante do que esperavam. No entanto, o viajante mais velho os inspirou com tanta reverência que eles não ousaram fazer-lhe nenhuma pergunta. E, quando Filemom chamou Azougue de lado e perguntou como, nesta terra, uma fonte de leite poderia ter entrado em um jarro de barro antigo, este último personagem apontou para seu cajado.

– Ali está todo o mistério do caso – disse Azougue –, e, se você conseguir entender, ficarei muito grato por me contar. Não sei dizer o que faço com meu cajado. Está sempre fazendo truques estranhos como esse; às vezes, dando-me um jantar e, com frequência, sumindo. Se eu acreditasse em tais absurdos, diria que o bastão está enfeitiçado!

Ele não disse mais nada, mas olhou de modo tão maroto para o casal, que eles imaginaram que o viajante estava rindo deles. O cajado mágico pulou atrás de Azougue quando ele saiu da sala. Quando ficaram a sós, os bons e idosos cônjuges passaram algum tempo conversando sobre os acontecimentos da noite, em seguida deitaram-se no chão e adormeceram rapidamente. Eles haviam cedido o quarto deles para os hóspedes e não tinham outra cama para si, exceto aquelas tábuas – que eu gostaria que fossem tão macias quanto o coração deles.

O velho e sua esposa começaram suas atividades cedo pela manhã, e os estrangeiros também se levantaram com o sol, preparando-se para partir. Filemom hospitaleiramente pediu-lhes que permanecessem um pouco mais, até que Baucis ordenhasse a vaca, assasse um bolo sobre a lareira e, talvez, encontrasse alguns ovos frescos para o café da manhã. No entanto, os hóspedes pareciam preferir realizar boa parte de sua jornada antes que o calor do dia chegasse. Então, eles persistiram em partir imediatamente, mas pediram a Filemom e Baucis que os acompanhassem por uma curta distância, mostrando-lhes a estrada que deveriam seguir.

Assim, os quatro saíram da cabana, conversando como velhos amigos. Era notável como o casal de idosos, sem perceber, tornava-se mais íntimo do viajante mais velho, e como a disposição boa e simples deles se misturava à do estranho, como duas gotas de água se fundem no oceano ilimitado. Quanto a Azougue, com sua perspicácia aguda, rápida e risonha, parecia descobrir todos os pequenos pensamentos que mal lhes surgiam na mente, antes mesmo que suspeitassem. Às vezes, é verdade, desejavam que ele não fosse tão perspicaz e também que jogasse fora seu cajado, que parecia tão misteriosamente perigoso, com aquelas serpentes sempre se contorcendo ao redor dele. Porém, uma vez mais, Azougue mostrou-se tão bem-humorado que eles teriam se regozijado em mantê-lo em sua cabana, com cajado, serpentes e tudo o mais, o dia inteiro e todos os dias.

– Oh, céus! Que pena! – exclamou Filemom, quando eles se haviam afastado um pouco da porta. – Se nossos vizinhos soubessem que coisa abençoada é mostrar hospitalidade a estranhos, amarrariam todos os seus cães e nunca mais permitiriam que suas crianças atirassem qualquer pedra que fosse.

– É um pecado e uma vergonha que eles se comportem assim: isso é o que é! – exclamou a boa Baucis, veementemente. – E eu pretendo ir hoje mesmo dizer a alguns deles que pessoas perversas eles são!

– Temo – observou Azougue, sorrindo de modo maroto –, que você não encontrará nenhum deles em casa.

Naquele momento, a testa do viajante mais velho assumiu uma dignidade tão grave, severa e terrível, mas também serena, que nem Baucis nem Filemom se atreveram a falar uma palavra. Eles olharam reverentemente para seu rosto, como se estivessem contemplando o próprio céu.

– Quando os homens não reconhecem o mais humilde estranho como se fosse um irmão – disse o viajante, em tons tão profundos que soavam como os de um órgão –, tornam-se indignos de existir na Terra, que foi criada como a morada de uma grande irmandade humana!

– E, a propósito, meus queridos senhores – exclamou Azougue, com um olhar animado de diversão e travessura no rosto –, onde fica mesmo essa vila de que vocês falam? De que lado em relação a nós se encontra? Parece-me que não a vejo nesta vizinhança.

Filemom e sua esposa voltaram-se para o vale, onde, ao pôr do sol, ainda no dia anterior, haviam visto os prados, as casas, os jardins, os aglomerados de árvores, a ampla rua com margens verdes, com crianças brincando nela, e todos os indícios de negócios, prazer e prosperidade. No entanto, qual foi o espanto deles! Não havia mais qualquer sinal de aldeia! Mesmo o vale fértil, onde ela estava situada, deixara de existir. Em seu lugar, viram a ampla superfície azul de um lago, que preenchia a grande bacia do vale de borda a borda, refletindo as colinas circundantes em sua superfície com uma imagem tão tranquila como se estivesse ali desde a criação do mundo. Por um instante, o lago permaneceu perfeitamente calmo. Então, uma leve brisa soprou, fazendo a água dançar, brilhar e refulgir nos primeiros raios de sol, lançando-se com um agradável murmúrio de ondas contra a margem mais próxima.

O lago parecia estranhamente familiar, deixando os dois idosos perplexos, como se tivessem apenas sonhado que havia uma vila ali. No entanto, no momento seguinte, lembraram-se das habitações desaparecidas e do rosto e da figura dos habitantes, distintamente demais para um sonho. A vila estava lá ontem, e agora se foi!

– Ai! – gritaram aqueles idosos de bom coração. – O que foi feito de nossos pobres vizinhos?

– Eles não existem mais como homens e mulheres – disse o viajante mais velho, com sua voz grande e profunda, enquanto um trovão parecia ecoar a distância. – Não havia utilidade nem beleza em uma vida como a deles, pois nunca suavizaram ou adoçaram a árdua sina da mortalidade por meio do exercício de afetos gentis entre os homens. Eles não conservaram no coração nenhuma imagem da vida melhor; portanto, o lago, que era dos tempos antigos, espalhou-se novamente a fim de refletir o céu!

– E, quanto àquelas pessoas tolas – disse Azougue, com seu sorriso maroto –, todas elas foram transformadas em peixes! Foi preciso pouca mudança, pois já eram um conjunto de patifes escamosos e os seres com mais sangue frio que existiam. Então, gentil mãe Baucis, sempre que você ou seu marido tiverem desejo de comer um prato de truta grelhada, ele pode jogar uma linha e pescar meia dúzia de seus antigos vizinhos!

– Ah! – exclamou Baucis, estremecendo. – Eu juro que não colocaria um deles sequer na grelha!

– Não – acrescentou Filemom, fazendo uma careta estranha –, nós nunca poderíamos saboreá-los!

– Quanto a você, bom Filemom – continuou o viajante mais velho –, e você, gentil Baucis, com seus meios escassos, misturaram tanta hospitalidade sincera ao acolhimento do estrangeiro desabrigado que o leite se tornou uma fonte inesgotável de néctar, e o pão de centeio e o mel vieram a ser ambrosia. Desse modo, as divindades deleitaram--se, em sua mesa, com as mesmas iguarias que são servidas em seus banquetes no Olimpo. Vocês agiram bem, meus queridos amigos. Por essa razão, peçam o benefício que mais desejam no coração, e isso lhes será concedido.

Filemom e Baucis se entreolharam, e então… não sei qual dos dois falou, mas aquele que o fez externou o desejo de ambos os corações.

– Permita-nos viver juntos enquanto vivermos, e deixar o mundo no mesmo instante, quando morrermos! Pois sempre nos amamos!

– Que seja assim! – respondeu o estrangeiro, com majestosa bondade. – Agora, olhem para sua cabana!

Eles fizeram isso. Mas qual foi a surpresa deles ao contemplar um alto edifício de mármore branco, com um amplo portal aberto, ocupando o local onde sua humilde residência havia estado até tão pouco tempo!

– Eis aí sua casa – disse o estranho, sorrindo de modo benevolente para ambos. – Exerçam sua hospitalidade naquele palácio tão generosamente quanto no pobre casebre no qual nos receberam na noite passada.

Os idosos caíram de joelhos para lhes agradecer, mas – vejam só! – nem ele nem Azougue estavam mais lá.

MITOS GREGOS PARA JOVENS LEITORES

Assim, Filemom e Baucis foram residir no palácio de mármore, passando o tempo com grande satisfação para si mesmos, em tornar felizes e confortáveis todos os que por ali passavam. O jarro de leite, não devo esquecer-me de dizer, manteve sua maravilhosa qualidade de nunca estar vazio quando era desejável tê-lo cheio. Sempre que um hóspede honesto, bem-humorado e de bom coração tomava um gole desse jarro, invariavelmente o considerava o mais doce e revigorante fluido que já lhe houvera descido pela garganta. Porém, se um sujeito rabugento e desagradável tomasse um golinho, podia ter certeza de que torceria o rosto numa careta feia e diria que era um jarro de leite azedo!

Assim, o casal de idosos viveu em seu palácio por muito, muito tempo, e ficou mais velho e mais velho, e muito mais velho mesmo. Por fim, no entanto, chegou uma manhã de verão em que Filemom e Baucis não apareceram, como em outras manhãs, com um sorriso hospitaleiro estampando-lhes o rosto agradável, convidando os hóspedes da noite para o café da manhã. Os hóspedes vasculharam todos os lugares, de cima a baixo, do espaçoso palácio, sem nenhum resultado. Mas, depois de muita perplexidade, eles avistaram, em frente ao portal, duas árvores veneráveis, que ninguém se lembrava de ter visto ali no dia anterior. No entanto, ali estavam elas, com as raízes presas profundamente no solo e uma enorme largura de folhagem cobrindo toda a frente do edifício. Uma era um carvalho, e a outra, uma tília. Seus galhos, estranhos e bonitos de se ver, se entrelaçavam e se abraçavam, de modo que cada árvore parecia viver no coração da outra muito mais do que no seu.

Enquanto os convidados se perguntavam como essas árvores, que exigiriam pelo menos um século para crescer, conseguiram se tornar tão altas e veneráveis em uma única noite, uma brisa soprou e agitou-lhes os galhos entrelaçados. Então, houve um profundo e amplo murmúrio no ar, como se as duas árvores misteriosas estivessem falando.

– Eu sou o velho Filemom! – murmurou o carvalho.

– Eu sou a velha Baucis! – murmurou a tília.

Mas, quando a brisa ficou mais forte, as duas árvores falaram ao mesmo tempo: "Filemom! Baucis! Baucis! Filemom!", como se uma fosse ambas e ambas fossem uma, conversando juntas nas profundezas de seu mútuo coração. Percebia-se claramente que o bom e idoso casal havia renovado sua idade, e agora passaria uns cem calmos e deleitosos anos, ou mais, Filemom como um carvalho e Baucis como uma tília. E, oh!, que sombra hospitaleira lançaram ao redor de si. Sempre que um viajante parava debaixo dela, ouvia um agradável sussurro das folhas acima da cabeça e se perguntava como o som poderia se parecer tanto com palavras como estas:

– Bem-vindo, bem-vindo, querido viajante, bem-vindo!

E uma alma bondosa, que sabia o que mais agradaria à velha Baucis e ao velho Filemom, construiu um assento circular em volta do tronco das duas árvores, onde, por muito tempo depois disso, os cansados, os famintos e os sedentos costumavam descansar e beber leite abundantemente do jarro miraculoso.

E desejaria, para o bem de nós todos, que agora tivéssemos o jarro aqui!

Encosta da colina:
depois da história

– Qual era a capacidade do jarro? – perguntou Samambaia.

– Não cabia nem um litro – respondeu o estudante –, mas você poderia continuar vertendo leite dele até encher uma barrica, se quisesse. A verdade é que fluiria para sempre dele e não secaria nem no auge do verão, que é mais do que se pode dizer daquele regato lá, que vai murmurando pela encosta da colina.

– E o que aconteceu com o jarro? – perguntou o menino.

– Lamento dizer que ele foi quebrado, há cerca de vinte e cinco mil anos – respondeu o primo Eustáquio. – As pessoas o consertaram o melhor que puderam, mas, embora ainda pudesse reter o leite muito bem, nunca mais se soube que ele enchesse por vontade própria. Então, vocês percebem, ele não era melhor do que qualquer outro jarro de barro quebrado.

– Que pena! – lamentaram todas as crianças de uma vez.

NATHANIEL HAWTHRONE

O respeitável cachorro Ben acompanhara a turma, assim como um filhote de terra-nova, já bem grandinho, que se chamava Ursão, porque ele era tão preto quanto um urso. A Ben, por ser mais velho e de hábitos muito cautelosos, foi solicitado respeitosamente por Eustáquio que ficasse atrás com as quatro crianças pequenas, a fim de mantê-las fora de encrencas. Quanto a Ursão, que não passava de um filhote, o estudante achou melhor levá-lo consigo, com receio de que, em suas brincadeiras grosseiras com as outras crianças, ele as fizesse tropeçar e as mandasse rolando e tropeçando colina abaixo. Aconselhando Primavera, Samambaia, Dente-de-leão e Flor de Abóbora a ficarem bem quietinhos no local onde os deixou, o estudante, com Prímula e as crianças mais velhas, começou a subir, e logo estavam fora da vista por entre as árvores.

A QUIMERA

Topo da montanha: introdução a "A Quimera"

Subindo ao longo da encosta íngreme e arborizada, Eustáquio da Luz e seus companheiros avançavam. As árvores ainda não estavam todas cobertas de folhas, mas haviam brotado o suficiente para projetar uma sombra arejada, enquanto o sol as enchia de luz verde. Pedras cobertas de musgo estavam meio escondidas entre as velhas folhas marrons caídas; havia troncos podres de árvores inteiras no chão, onde há muito haviam caído; havia galhos em decomposição, derrubados por vendavais de inverno, espalhados por toda parte. Apesar disso, embora essas coisas parecessem muito antigas, a floresta tinha um aspecto de vida novíssima, pois, para qualquer direção que se voltasse os olhos, algo fresco e verde estava surgindo, como se aprontando para o verão.

Finalmente, os jovens alcançaram o ponto mais alto da floresta e se viram quase no topo da colina. Não era um pico nem uma esfera perfeita, mas uma planície bastante ampla, ou um planalto, com uma casa e um celeiro a distância. Aquela residência abrigava uma família solitária; muitas vezes, as nuvens, das quais desabavam chuvas e onde a tempestade de neve se abatia sobre o vale, pairavam mais baixas do que essa sombria e isolada morada.

No ponto mais alto da colina, um monte de pedras se erguia, no centro do qual um mastro comprido estava fincado, com uma pequena bandeira tremulando na ponta. Eustáquio conduziu as crianças até lá e as fez olhar ao redor, para perceberem a vastidão do nosso belo mundo num único olhar. Seus olhos se arregalaram enquanto observavam.

A Montanha Monumento, ao sul, ainda dominava a cena, mas parecia ter afundado e diminuído, tornando-se apenas um membro indistinto de uma grande família de colinas. Além dela, as Montanhas Tacônicas se destacavam, parecendo mais altas e imponentes do que antes. Nosso belo lago podia ser observado, com todas as suas pequenas baías e enseadas, e, para surpresa, dois ou três novos lagos surgiam, abrindo seus olhos azuis para o sol. Várias aldeias brancas, cada uma com seu campanário, estendiam-se ao longe. Havia tantas casas de fazenda, com seus acres de bosque, pasto, áreas cultivadas e lavoura, que as crianças mal conseguiam absorver todos esses diferentes elementos. Até Tanglewood, que anteriormente consideravam um ponto de referência crucial para o mundo, agora ocupava um espaço tão pequeno que tinham de olhar muito além dela, para ambos os lados, antes de identificar sua localização.

Nuvens brancas e felpudas pairavam no ar, lançando pontos escuros de sombra aqui e ali sobre a paisagem. Mas, pouco a pouco, o sol estava onde antes estava a sombra, e a sombra se deslocava para outro lugar.

Longe, ao oeste, estendia-se uma cadeia de montanhas azuis, que Eustáquio da Luz disse às crianças serem as Catskills. Entre aquelas colinas enevoadas, disse ele, ficava um local onde alguns antigos holandeses jogavam um eterno jogo de nove pinos, e onde um sujeito ocioso, cujo nome era Rip van Winkle, havia adormecido e dormido por vinte anos de uma vez. As crianças, ávidas por mais detalhes, imploraram a Eustáquio que lhes contasse tudo sobre esse caso fantástico. No entanto, o estudante respondeu que a história já havia sido contada uma vez, de maneira que nunca poderia ser superada, e que ninguém teria o direito de alterar uma palavra dela, deixando-a envelhecer como "A cabeça de Górgona" e "As três maçãs de ouro", entre outras dessas lendas miraculosas.

– Pelo menos – disse Pervinca –, enquanto descansamos aqui e olhamos ao redor, você pode nos contar outra de suas próprias histórias.

– Sim, primo Eustáquio – exclamou Primavera –, eu sugiro que você nos conte uma história aqui. Pegue um assunto nobre ou outro, e veja se sua imaginação não responderá à altura. Quem sabe, o ar da montanha pode despertar o poeta que há em você, para variar. E não importa quão estranha e maravilhosa seja a história; agora que estamos entre as nuvens, podemos acreditar em qualquer coisa.

– Vocês acreditam – perguntou Eustáquio – que houve, certa vez, um cavalo alado?

– Sim – disse a impertinente Prímula –, mas receio que você jamais seria capaz de capturá-lo.

– A propósito, Prímula – retomou o estudante –, eu poderia capturar Pégaso e até mesmo subir em suas costas, bem como de uma dúzia de outros sujeitos que eu conheço. De qualquer forma, aqui vai uma história sobre ele; e, dentre todos os lugares do mundo, ela certamente deve ser contada no topo de uma montanha.

Assim, sentando-se em uma pilha de pedras, enquanto as crianças se aglomeravam a seus pés, Eustáquio fixou os olhos em uma nuvem branca que navegava por ali e começou a contar, como se segue.

A Quimera

Era uma vez, nos velhos tempos (pois todas as coisas estranhas das quais vou lhes falar aconteceram muito antes que qualquer um consiga se lembrar), uma fonte que jorrava da encosta de uma colina, na maravilhosa terra da Grécia. Até onde eu sei, depois de tantos milhares de anos, ela ainda continua jorrando no mesmíssimo local. Era uma fonte agradável, refrescantemente brotando água e cintilando pela colina abaixo ao pôr do sol dourado. Foi nesse cenário que um belo rapaz chamado Belerofonte se aproximou de sua margem. Na mão, segurava uma cabeçada cravejada com gemas brilhantes e adornada com um bridão de ouro. Ao avistar um homem velho, outro de meia-idade e um menino próximos da fonte, e, possivelmente uma donzela que retirava água em um jarro, ele fez uma pausa e suplicou que lhe permitisse refrescar-se com um gole.

– É uma água realmente deliciosa – disse à donzela enquanto lavava e enchia o jarro, após beber dela. – Você faria a gentileza de me dizer se esta fonte tem algum nome?

MITOS GREGOS PARA JOVENS LEITORES

– Sim; é chamada de Fonte de Pirene. – respondeu a donzela; e, em seguida, acrescentou: – Minha avó me contou que essa límpida fonte outrora foi uma mulher bonita; quando seu filho foi morto pelas flechas da caçadora Diana, ela se desfez toda em lágrimas. Assim, a água que você considera tão fresca e doce é a tristeza do coração daquela pobre mãe!

– Eu jamais sonharia – observou o estranho jovem – que uma nascente tão límpida, com seu jorro e gorgolejo e sua alegre dança da sombra à luz do sol, teria sequer uma gota de lágrima em seu seio. Então, esta é Pirene? Agradeço-lhe, bela donzela, por me dizer o nome da fonte. Eu vim de um país muito distante para encontrar exatamente este lugar.

Um homem do campo de meia-idade, que levava a vaca a beber da fonte, observava atentamente o jovem Belerofonte e a bela cabeçada que ele trazia na mão.

– Os cursos de água devem estar baixando, amigo, na parte do mundo em que mora – observou ele –, se você veio tão longe apenas para encontrar a Fonte de Pirene. Mas, por favor, você perdeu um cavalo? Vejo que carrega a cabeçada na mão, e uma muito bonita, com essa fileira dupla de pedras brilhantes sobre ela. Se o cavalo era tão excelente quanto a cabeçada, você deve ter lamentado muito perdê-lo.

– Não perdi cavalo algum – disse Belerofonte, com um sorriso. – Mas, por acaso, estou procurando um muito famoso, que, como as pessoas sábias me informaram, deve ser encontrado por essas bandas, se está em algum lugar. Você sabe se o cavalo alado Pégaso ainda assombra a Fonte de Pirene como costumava fazer nos dias de seus antepassados?

Mas, então, o homem do campo riu.

Alguns de vocês, meus amiguinhos, provavelmente já ouviram falar desse Pégaso, um corcel branco como a neve, adornado com belas asas prateadas, que passava a maior parte do tempo no cume do monte Hélicon. Ele era tão selvagem, tão veloz e tão leve em seu voo no ar como qualquer águia que já pairou nas nuvens. Não havia nada como ele no mundo. Ele não tinha parceira; jamais fora montado por um amo ou recebera arreios e, durante muitos anos, levou uma vida solitária e feliz.

Ah, que coisa maravilhosa é ser um cavalo alado! Dormindo à noite no topo elevado de uma montanha e passando a maior parte do dia no ar, Pégaso dificilmente parecia uma criatura da terra. Sempre que o avistavam, lá do alto, com os raios do sol refletindo em suas asas prateadas, dava impressão de que ele pertencia aos céus. Às vezes, deslizando um pouco baixo demais, ele parecia ter-se extraviado entre nossas névoas e vapores, buscando o caminho de volta. Era magnífico vê-lo mergulhar no seio macio de uma nuvem brilhante e desaparecer por um ou dois momentos, e depois irromper do outro lado. Ou, em meio a uma tempestade sombria, quando um tapete cinza de nuvens cobria todo o céu, ocasionalmente o cavalo alado descia através delas, e a alegre luz da região superior brilhava atrás dele. Em outro instante, é verdade, tanto Pégaso quanto a agradável luz desapareceriam juntos. No entanto, qualquer um que fosse afortunado o bastante para testemunhar esse espetáculo maravilhoso sentia-se animado pelo resto do dia e durante o tempo que a tempestade durasse.

Durante o verão e nos climas mais amenos, Pégaso frequentemente pousava na terra firme. Fechando suas asas prateadas, ele galopava por colinas e vales, tão veloz quanto o vento. Com mais frequência do que em qualquer outro lugar, ele era avistado perto da Fonte de Pirene, bebendo a deliciosa água ou rolando sobre a grama macia da margem. Às vezes (embora Pégaso fosse muito refinado quanto ao que comia), ele colhia algumas das flores de trevo que, por acaso, estavam mais doces.

Assim, à Fonte de Pirene os bisavós das pessoas tinham o hábito de ir (enquanto fossem jovens e mantivessem a fé em cavalos alados), na esperança de vislumbrar o belo Pégaso. Mas, nos últimos anos, ele raramente fora visto. Na verdade, muitos moradores do campo, que viviam a apenas meia hora de caminhada até a fonte, jamais tinham visto Pégaso e não acreditavam na existência de tal criatura. O homem do campo com quem Belerofonte estava conversando parecia ser uma dessas pessoas incrédulas.

E essa foi a razão pela qual ele riu.

– Pégaso, de fato! – clamou ele, torcendo o nariz o máximo que um nariz chato podia ser torcido. – Pégaso, de fato! Um cavalo alado, de verdade! Ora, ora, amigo! Você está em pleno juízo? De que serviriam asas para um cavalo? Ele conseguiria arrastar bem o arado, você acha? Talvez pudesse haver alguma pequena economia nas despesas com ferraduras; mas, imagine só, será que um homem gostaria de ver seu cavalo voando pela janela do estábulo? Sim?! Ou carregando-o rapidamente acima das nuvens quando ele só queria ir para o moinho? Não, não! Eu não acredito em Pégaso. Nunca houve tão ridículo tipo de cavalo-galinha!

– Tenho motivo para pensar de outra forma – disse Belerofonte, de maneira calma.

E, então, dirigiu-se a um homem velho e grisalho, apoiado em um cajado, que escutava atentamente, com a cabeça esticada para a frente e uma mão ao ouvido. Nos últimos vinte anos, ele vinha ficando bastante surdo.

– E o que você diz, venerável senhor? – inquiriu ele. – Nos seus dias de juventude, imagino, o senhor deve frequentemente ter visto o corcel alado!

– Ah, jovem forasteiro, minha memória é muito ruim! – disse o homem idoso. – Quando era um rapaz, se bem me lembro, eu, assim como todos os outros, costumava acreditar na existência desse cavalo. Mas, hoje em dia, mal sei o que pensar, e raramente sequer reflito sobre o cavalo alado. Se eu alguma vez vi a criatura, foi há muito, muito tempo, e, para dizer a verdade, duvido que o tenha visto de fato. Lembro-me, um dia, quando eu era bem jovem, lembro-me de ver algumas pegadas de cascos ao redor da fonte. Poderia ter sido Pégaso a fazer aquelas marcas com o casco, bem como qualquer outro cavalo poderia tê-las feito.

– E você nunca o viu, minha bela donzela? – perguntou Belerofonte à garota, que equilibrava o jarro na cabeça enquanto a conversa prosseguia. – Certamente, você poderia ver Pégaso se alguém pudesse, pois seus olhos são muito brilhantes.

– Uma vez, eu pensei tê-lo visto – respondeu a donzela, com um sorriso e um rubor. – Ou era Pégaso ou um enorme pássaro branco, bem lá no alto, no ar. Outra vez, quando estava chegando à fonte com meu jarro, ouvi um relinchar. Ah, que relinchar tão vivo e melodioso foi aquele! Meu coração pulou de deleite com o som, mas, ao mesmo tempo, ele me assustou. Então, eu corri para casa sem encher meu jarro.

– Isso realmente foi uma pena! – disse Belerofonte.

Ele então se voltou para a criança, a qual mencionei no início da história, que o observava atentamente, pois as crianças têm o hábito de olhar para estranhos com a boca rosada bem aberta.

– Bem, meu amiguinho – exclamou Belerofonte, brincando com um dos cachos dele –, suponho que você veja o cavalo alado com frequência.

– Vejo, sim – respondeu a criança, muito prontamente. – Eu o vi ontem e muitas outras vezes antes.

– Você é um ótimo rapazinho! – disse Belerofonte, aproximando a criança de si. – Venha, conte-me tudo.

– Ora – respondeu a criança –, muitas vezes venho aqui para colocar barquinhos a velejar na fonte e para catar pedrinhas bonitas de seu tanque. E, às vezes, quando olho para a água, eu vejo a figura do cavalo alado, refletida na imagem do céu que está lá. Eu queria que ele descesse, me levasse em suas costas e me permitisse cavalgá-lo até a lua! Mas, se eu apenas me mexer para olhá-lo, ele voa para longe da vista.

Belerofonte depositou sua confiança na criança que havia visto a imagem de Pégaso na água e na donzela que ouvira seu relinchar melodioso, em vez de acreditar no palhaço de meia-idade, que só acreditava em cavalos de carroça, ou no velho que havia esquecido as belas coisas da juventude.

Assim sendo, ele rondou a Fonte de Pirene por muitos dias consecutivos, mantendo-se constantemente vigilante, olhando para o céu acima ou para a água abaixo, na esperança de avistar a imagem refletida do cavalo alado ou a maravilhosa realidade. Ele segurava a cabeçada, com suas gemas brilhantes e um bridão dourado, sempre pronta em sua mão. As pessoas rústicas que viviam nas redondezas e levavam seus rebanhos para beber na fonte costumavam rir do pobre Belerofonte e, às vezes, o repreendiam severamente. Diziam-lhe que um jovem saudável como ele deveria ter coisas mais úteis para fazer do que desperdiçar o tempo em uma busca tão inútil. Alguns até ofereceram vender-lhe um cavalo, e, quando Belerofonte recusou a oferta, tentaram negociar com ele pela bela cabeçada.

Até os meninos do campo o consideravam tão tolo que frequentemente faziam brincadeiras sobre ele, sendo rudes o suficiente para não se importarem, embora Belerofonte visse e ouvisse. Um pivete, por exemplo, se fazia de Pégaso, agitando-se de maneiras estranhas, como se estivesse voando, enquanto um de seus colegas de escola galopava atrás dele, segurando uma torção de juncos para representar a ornamental cabeçada de Belerofonte. Mas a criança gentil que havia visto a figura de Pégaso na água confortava o jovem forasteiro mais do que todos os meninos malvados podiam atormentá-lo. O querido camaradinha, em suas horas de brincadeira, costumava sentar-se ao lado dele e, sem dizer uma palavra, olhava para a fonte e para o céu com uma fé tão inocente que Belerofonte não podia deixar de se sentir encorajado.

Agora, talvez, desejem saber por que Belerofonte havia embarcado na missão de pegar o cavalo alado. E não encontraremos melhor oportunidade para falar sobre esse assunto do que enquanto ele está esperando Pégaso aparecer.

Se eu fosse contar todas as aventuras anteriores de Belerofonte, elas poderiam facilmente se transformar em uma história muito longa. É suficiente dizer que, em determinado país da Ásia, um monstro terrível, chamado Quimera, fez sua aparição e estava fazendo mais maldades do que se poderiam contar entre agora e o pôr do sol. Segundo os melhores relatos que pude obter, essa Quimera era quase, se não completamente, a criatura mais feia e mais venenosa, a mais estranha e mais inexplicável, e a mais difícil de combater e de fugir, que já havia saído do interior da Terra. Ela tinha uma cauda como de jiboia; seu corpo era como eu sei lá o quê; e possuía três cabeças separadas, sendo uma de leão, a segunda de cabra e a terceira de uma serpente abominavelmente grande. Uma rajada quente de fogo jorrava de cada uma de suas três bocas! Embora sendo uma criatura terrestre, duvido que tivesse asas; mas, com ou sem asas, ela corria como uma cabra e como um leão e se contorcia como uma serpente, alcançando assim uma velocidade surpreendente, resultado da combinação dos três juntos.

Ah, as maldades, maldades e maldades que aquela criatura perversa cometeu! Com seu hálito flamejante, ela era capaz de incendiar uma floresta, queimar um campo de grãos ou reduzir uma vila inteira a cinzas, com todas as suas cercas e casas. Ela assolava o país inteiro ao redor, devorando pessoas e animais vivos, para depois cozinhá-los no forno ardente de seu estômago. Misericórdia de nós, criancinhas! Espero que nem vocês nem eu encontremos uma Quimera!

Enquanto a odiosa besta (se é que podemos chamá-la de besta de alguma forma) estava perpetrando todas essas ações terríveis, Belerofonte aconteceu de chegar àquela parte do mundo durante uma visita ao rei. O rei, chamado Ióbates, governava a Lícia. Belerofonte era um dos jovens mais corajosos do mundo, desejando nada mais do que realizar alguma ação valente e benéfica que o faria ser admirado e amado por toda a humanidade. Naquela época, a única maneira de um jovem se destacar era enfrentando batalhas, fosse contra os inimigos de seu país, fosse contra gigantes malévolos, dragões incômodos ou bestas selvagens, quando não havia nada mais perigoso para enfrentar. O rei Ióbates, percebendo a coragem de seu jovem visitante, propôs que ele enfrentasse a Quimera, temida por todos e que, se não fosse morta logo, certamente transformaria a Lícia em um deserto. Belerofonte não hesitou por um momento, assegurando ao rei que ele mataria a temida Quimera ou pereceria tentando.

No entanto, em primeiro lugar, como o monstro era incrivelmente veloz, Belerofonte percebeu que nunca conseguiria vencer a batalha lutando a pé. A decisão mais sensata seria obter o melhor e mais veloz cavalo que pudesse ser encontrado em qualquer lugar. E qual cavalo, em todo o mundo, se igualava à velocidade do maravilhoso Pégaso, que possuía asas e pernas, sendo ainda mais ágil no ar do que na terra? Apesar de muitas pessoas negarem a existência de um cavalo com asas e afirmarem que as histórias sobre ele eram apenas poesia e bobagem, Belerofonte acreditava firmemente que Pégaso era um corcel real. Ele esperava ser suficientemente afortunado para encontrá-lo e, uma vez convenientemente montado em suas costas, teria uma vantagem significativa ao enfrentar a Quimera.

E foi com esse objetivo que ele viajara da Lícia para a Grécia, trazendo na mão a cabeçada lindamente ornamentada. Era uma cabeçada encantada. Se ele tão somente conseguisse colocar o bridão dourado na boca de Pégaso, o cavalo alado seria submisso, tomaria Belerofonte como seu mestre e voaria para onde ele escolhesse direcioná-lo.

De fato, foi um tempo exaustivo e inquietante enquanto Belerofonte aguardava ansiosamente o Pégaso, na esperança de que viesse e beber da Fonte de Pirene. O jovem temia que o rei Ióbates pudesse imaginar que ele havia fugido da Quimera. Também doía pensar em quantas maldades o monstro estava perpetrando, enquanto Belerofonte, em vez de lutar, era obrigado a sentar-se debruçado sobre as águas brilhantes de Pirene, enquanto jorravam da areia cintilante. Dado que Pégaso apareceu raramente nesses últimos anos e dificilmente pousou por ali mais de uma vez na vida, Belerofonte temia envelhecer sem ter mais força nos braços nem coragem no coração antes que o cavalo alado aparecesse. Ah, como o tempo se torna pesado quando a juventude aventureira anseia por desempenhar seu papel na vida e colher sua fama! A espera é uma lição difícil de aprender em nossa vida curta, e muitas vezes é tudo o que o tempo nos ensina.

Foi bom para Belerofonte que a criança gentil tenha gostado tanto dele e nunca se cansasse de fazer-lhe companhia. Todas as manhãs, a criança lhe dava uma nova esperança para colocar no peito, em lugar daquela murcha de ontem.

– Querido Belerofonte – o menino clamava, olhando esperançoso em seu rosto –, acho que veremos Pégaso hoje!

E ao longo do tempo, não fosse pela fé inabalável do menino, Belerofonte teria perdido toda a esperança e talvez teria retornado à Lícia, preparando-se para enfrentar a Quimera sem a ajuda do cavalo alado. Nesse caso, o pobre Belerofonte teria sido terrivelmente chamuscado pelo bafo da criatura e, muito provavelmente, teria sido morto e devorado. Lutar contra uma Quimera terrestre é uma empreitada imprudente, a menos que alguém possa primeiro subir às costas de um corcel alado.

MITOS GREGOS PARA JOVENS LEITORES

Certa manhã, a criança falou com Belerofonte ainda mais esperançosa do que o habitual.

– Querido, querido Belerofonte – exclamou –, não sei por quê, mas sinto que certamente veremos Pégaso hoje!

E, durante todo aquele dia, ele não se afastou um passo sequer de Belerofonte. Assim, compartilharam uma crosta de pão e beberam um pouco da água da fonte. À tarde, lá estavam eles, e Belerofonte lançou o braço em volta da criança, que colocou uma de suas mãozinhas na de Belerofonte. Este estava perdido em seus próprios pensamentos, com o olhar vago nos troncos das árvores que projetavam sombra sobre a fonte, e nas videiras que trepavam entre os galhos. Mas o gentil menino fixava seus olhos na água; ele estava entristecido, pensando que a esperança de mais um dia poderia ser frustrada, como tantas outras vezes antes; e duas ou três discretas lágrimas caíram de seus olhos, misturando-se com o que se dizia serem as muitas lágrimas de Pirene, quando ela chorou pelo filho morto.

Mas, quando menos pensava sobre isso, Belerofonte sentiu a pressão da mãozinha do menino e ouviu um sussurro suave, quase sem fôlego.

– Olhe lá, querido Belerofonte! Há uma figura na água!

O jovem olhou para o espelho ondulado da fonte e viu o que considerava ser o reflexo de um pássaro que parecia estar voando a uma grande altura no ar, com um brilho de sol nas asas nevadas ou prateadas.

– Que pássaro esplêndido deve ser! – disse. – E quão grande parece, embora realmente deva estar voando mais alto que as nuvens!

– Isso me faz tremer! – sussurrou a criança. – Estou com medo de olhar para os ares! É muito bonito, e, contudo, ouso apenas olhar sua imagem na água. Querido Belerofonte, você não vê que não é um pássaro? É o cavalo alado, o Pégaso!

O coração de Belerofonte começou a disparar! Ele olhou atentamente para cima, mas não pôde ver a criatura alada, fosse pássaro ou cavalo, porque, naquele momento, ela havia mergulhado nas profundezas macias de uma nuvem de verão. Não demorou muito para que o objeto reaparecesse, afundando-se levemente na nuvem, embora ainda a uma grande distância da terra. Belerofonte pegou a criança nos braços e recuou com ela, de modo que ambos estivessem escondidos entre os espessos arbustos que cresciam ao redor da fonte. Não que ele receasse qualquer dano, mas temia que, ao avistá-los, Pégaso voasse para longe e pousasse em algum topo inacessível de uma montanha. Pois era, sem dúvida, o cavalo alado. Após tanto tempo de espera, Pégaso finalmente vinha saciar sua sede com a água de Pirene.

Mais e mais perto vinha a maravilha aérea, voando em grandes círculos, como talvez tenham visto uma pomba prestes a descer. Para baixo, Pégaso vinha, traçando amplos e vastos círculos que se estreitavam a cada volta, aproximando-se mais da terra. Quanto mais nitidamente ele era visto, mais belo se tornava e mais maravilhoso era o bater de suas asas prateadas. Finalmente, com uma pressão tão leve que mal dobrava a grama ao redor da fonte ou deixava uma marca de casco na areia da margem, ele pousou e, inclinando a selvagem cabeça, começou a beber.

Sorvendo a água com longos e agradáveis suspiros, Pégaso pausava tranquilamente para desfrutar; depois, mais um gole, e outro, e outro. Pois de nenhum lugar no mundo, nem do alto entre as nuvens, Pégaso amava a água tanto quanto a amava a de Pirene. E, quando sua sede foi saciada, ele colheu delicadamente algumas das flores de mel de trevo, saboreando-as com gentileza. No entanto, não se importou em fazer uma refeição substancial, pois a pastagem logo abaixo das nuvens nos lados elevados do monte Hélicon se adequava melhor ao seu paladar do que a grama comum. Após saciar seu coração com a água e, de maneira refinada, condescender em comer um pouco, o cavalo alado começou a cabriolar de um lado para o outro, dançando por mera ociosidade e diversão. Nunca houve criatura mais brincalhona do que esse Pégaso. Assim, ali ele fez folia, de maneira que me encanta pensar, agitando suas grandes asas com a leveza de um pintarroxo e executando pequenas corridas, metade na terra e metade no ar, o que não sei se devo chamar de voo ou galope. Quando uma criatura é perfeitamente capaz de voar, ela às vezes escolhe correr, só pelo passatempo da coisa; assim era com Pégaso também, embora lhe desse um pouco de dificuldade manter os cascos tão perto do chão. Enquanto isso, Belerofonte, segurando a mão da criança, espreitava dos arbustos e pensava que jamais havia testemunhado uma visão tão bonita quanto aquela, tampouco vira olhos de cavalo tão selvagens e espirituosos quanto os de Pégaso. Parecia um pecado pensar em arreá-lo e montar em suas costas.

Uma ou duas vezes, Pégaso parou e cheirou o ar, erguendo as orelhas, agitando a cabeça e virando-a para os lados, como se suspeitasse parcialmente de alguma diabrura ou de outra coisa. No entanto, não vendo e não ouvindo nada, ele logo começou suas travessuras novamente.

Por fim, não porque estivesse cansado, mas apenas ocioso e autoindulgente, Pégaso dobrou as asas e deitou-se na macia relva verde. Estava cheio de vida aérea para permanecer quieto por muitos momentos; logo, rolou de costas, exibindo as quatro pernas delgadas para o ar. Era uma visão encantadora observar aquela criatura solitária, cuja parceira jamais fora criada, mas que não precisava de companhia. Vivendo há várias centenas de anos, ele era tão feliz quanto os séculos eram longos. Quanto mais ele realizava ações típicas dos cavalos mortais, menos terrestre e mais maravilhoso ele parecia. Belerofonte e a criança quase seguravam a respiração, não apenas por uma admiração encantadora, mas, ainda mais, pelo medo de que a menor agitação ou murmúrio o enviasse embora, como uma flecha, para o azul distante do céu.

Por fim, quando Pégaso se cansou de rolar repetidamente, ele se virou indolentemente, como qualquer outro cavalo, esticando as patas dianteiras para levantar-se do chão. Belerofonte, que previra esse movimento, disparou subitamente da moita e montou em suas costas.

Sim, lá estava ele, nas costas do cavalo alado!

Mas que salto Pégaso deu quando, pela primeira vez, sentiu o peso de um homem mortal sobre seus lombos! Um salto, de fato! Antes que tivesse tempo de puxar o fôlego, Belerofonte se encontrou a bem mais de cem metros no ar, disparando para cima, enquanto o cavalo alado bufava e tremia de terror e raiva. Mais alto ele foi, alto, alto, alto, até mergulhar no seio frio e nebuloso de uma nuvem, que pouco tempo antes Belerofonte fitava e imaginava ser um local muito agradável. Agora, fora do coração da nuvem, Pégaso caiu como um raio, como se quisesse arremessar a si mesmo e a seu cavaleiro de cabeça contra uma rocha. Então, passou por cerca de mil das cabriolas mais selvagens que já haviam sido executadas por um pássaro ou um cavalo.

Eu mal posso descrever metade do que ele fez. Deslizou para a frente, para o lado e para trás. Empinou-se ereto, com as patas dianteiras em uma coroa de névoa e as traseiras em absolutamente nada. Jogou os garrões para trás e colocou a cabeça entre as pernas, enquanto as asas apontavam para cima. A cerca de três quilômetros acima da terra, deu uma cambalhota, de modo que os calcanhares de Belerofonte ficaram onde deveria estar sua cabeça, e pareceu olhar para o céu abaixo, em vez de acima. Virou a cabeça, olhando Belerofonte nos olhos, com o fogo faiscando em seu olhar, fazendo uma terrível tentativa de mordê-lo. Agitou as asas descontroladamente, e uma das penas de prata se soltou, flutuando em direção à terra. A criança ágil a apanhou, guardando-a por toda a vida, em memória de Pégaso e Belerofonte.

Mas o homem (que, como você pode julgar, era o melhor cavaleiro que jamais galopou) estava aguardando sua oportunidade e, finalmente, juntou em um estalo a parte dourada do bridão encantado entre as mandíbulas do corcel alado. Tão logo isso foi feito, Pégaso tornou-se por demais tratável, como se, durante a vida toda, houvesse recebido comida das mãos de Belerofonte. Para falar o que eu realmente sinto, foi quase uma tristeza ver uma criatura tão selvagem ficar repentinamente tão mansa. E Pégaso pareceu sentir-se da mesma forma. Ele deu uma olhada em Belerofonte, com lágrimas nos lindos olhos, em vez do fogo que tão recentemente brilhava deles. Mas, quando Belerofonte bateu de leve em sua cabeça e pronunciou algumas palavras autoritárias, conquanto gentis e tranquilizadoras, outro olhar surgiu nos olhos de Pégaso. Ele estava contente no coração por ter, depois de tantos séculos solitários, encontrado um companheiro e mestre.

É sempre assim que ocorre com cavalos alados e com todas essas criaturas selvagens e solitárias. Se você consegue pegá-las e dominá-las, é a maneira mais certa de conquistar o amor delas.

Enquanto Pégaso se esforçava ao máximo para tirar Belerofonte de suas costas, eles voaram uma longa distância e avistaram uma imponente montanha quando o bridão foi colocado na boca do cavalo alado. Belerofonte já havia visto essa montanha antes e sabia que era o Monte Hélicon, no cume do qual ficava a morada do cavalo alado. Para lá, após olhar gentilmente para o rosto do cavaleiro, como se estivesse pedindo, Pégaso voou e, pousando, esperou pacientemente até Belerofonte decidir desmontar. No entanto, ao encontrar os olhos de Pégaso, foi tão afetado pela delicadeza de seu aspecto e pelo pensamento da vida livre que o cavalo alado havia vivido até ali que não pôde suportar mantê-lo prisioneiro, como se realmente desejasse sua liberdade.

Obedecendo a esse impulso generoso, ele tirou a cabeçada encantada de Pégaso e tirou-lhe o bridão da boca.

– Deixe-me, Pégaso! – disse. – Ou me deixe ou me ame.

Em um instante, o cavalo alado disparou, ficando quase fora de vista, subindo direto do cume do Monte Hélicon. Tendo passado muito do pôr do sol, era agora crepúsculo no topo da montanha e uma noite penumbrosa por toda região ao redor. Mas Pégaso voou tão alto que alcançou o dia que partira e foi banhado pelo brilho superior do sol. Ascendendo mais e mais alto, ele parecia um pontinho brilhante e, por fim, não mais podia ser visto no vazio oco do céu. E Belerofonte teve medo de nunca mais o ver. Mas, enquanto lamentava a própria tolice, o pontinho brilhante reapareceu e ficava mais e mais próximo, até que desceu mais baixo que a claridade do sol, e eis que Pégaso voltara! Após essa provação, não houve mais medo de o cavalo alado escapar. Ele e Belerofonte eram amigos e depositavam amorosa confiança um no outro.

Naquela noite, eles se deitaram e dormiram juntos, com o braço de Belerofonte em volta do pescoço de Pégaso, não por precaução, mas por bondade. E eles acordaram com o raiar do dia e se saudaram com um "bom dia", cada um em sua língua.

Dessa maneira, Belerofonte e o maravilhoso corcel passaram vários dias juntos e se conheceram melhor e se afeiçoaram mais e mais um ao outro. Eles fizeram longas viagens aéreas e subiram tão alto algumas vezes que a Terra parecia pouco maior do que a lua! Eles visitaram países distantes e impressionaram seus habitantes, que pensavam que o belo jovem, às costas do cavalo alado, devia ter caído do céu. Mil quilômetros por dia não passavam de um espaço fácil para o ligeiro Pégaso cruzar. Belerofonte estava encantado com esse estilo de vida e não desejaria nada mais do que viver sempre da mesma maneira, no alto da atmosfera clara, onde o tempo era sempre ensolarado, por mais triste e chuvoso que estivesse na região mais baixa. No entanto, ele não podia esquecer a horrível Quimera, à qual prometera ao rei Ióbates que mataria. Por fim, então, quando se acostumou às proezas da equitação no ar, conseguindo manejar Pégaso com o mínimo movimento da mão, e o ensinou a obedecer à sua voz, decidiu tentar desempenhar essa aventura perigosa.

Ao raiar do dia, assim que entreabriu os olhos, Belerofonte gentilmente beliscou a orelha do cavalo alado para despertá-lo. Pégaso, imediatamente, partiu do chão, saltou cerca de meio quilômetro no ar e fez uma grande varredura ao redor do topo da montanha, mostrando que estava bem acordado e pronto para qualquer tipo de excursão. Durante todo esse curto voo, emitiu um relincho alto, rápido e melodioso, e, por fim, desceu ao lado de Belerofonte, tão levemente quanto se vê no saltitar de um pardal em um galho.

– Muito bem, querido Pégaso! Muito bem, meu transporte do céu! – gritou Belerofonte, acariciando carinhosamente o pescoço do cavalo. – E, agora, meu ligeiro e belo amigo, vamos quebrar nosso jejum. Hoje devemos combater a terrível Quimera.

Assim que terminaram a refeição da manhã e beberam água gasosa de uma nascente chamada Hipocrene, Pégaso estendeu a cabeça voluntariamente para que seu mestre pudesse colocar a cabeçada. Com muitos saltos brincalhões e cabriolas aéreas, ele mostrou sua impaciência para ir, enquanto Belerofonte empunhava a espada, passava o escudo pelo pescoço e se preparava para a batalha. Quando tudo estava pronto, o cavaleiro montou e, como era seu costume ao percorrer uma longa distância, subiu cerca de oito quilômetros perpendicularmente para ver melhor para onde estava direcionando seu curso. Em seguida, virou a cabeça de Pégaso para o leste e partiu para Lícia. No voo, ultrapassaram uma águia tão de perto que, antes que ela conseguisse sair do caminho, Belerofonte poderia facilmente tê-la segurado pela perna. Avançando rapidamente, ainda era cedo de manhã quando avistaram as altas montanhas de Lícia, com seus vales profundos e cobertos de vegetação. Se as informações de Belerofonte estavam corretas, um daqueles vales lúgubres era a morada horrenda que a Quimera havia escolhido.

Estando agora tão perto do fim de sua jornada, o cavalo alado desceu gradualmente com o cavaleiro, aproveitando algumas nuvens que flutuavam sobre os cumes das montanhas para se ocultarem. Pairando na superfície superior de uma nuvem e espiando por cima de sua borda, Belerofonte teve uma visão bastante nítida da parte montanhosa de Lícia, conseguindo examinar todos os seus vales sombrios de uma só vez. A princípio, parecia não haver nada de notável. Era um trecho selvagem, brutal e rochoso de colinas altas e íngremes. Na parte mais plana do país, havia ruínas de casas queimadas e, aqui e ali, carcaças de gado morto espalhadas pelos pastos onde estiveram se alimentando.

"A Quimera deve ter feito essa maldade", pensou Belerofonte. "Mas onde poderia estar o monstro?"

Como eu já disse, não havia nada notável à primeira vista em nenhum dos vales e nas baixadas que ficavam entre as alturas vertiginosas das montanhas. Absolutamente nada, exceto, de fato, por aquelas três torres de fumaça negra que se erguiam do que parecia ser a entrada de uma caverna, subindo silenciosamente na atmosfera.

Antes de atingir o topo da montanha, as três negras grinaldas de fumaça se combinaram em uma única coluna. A caverna estava quase diretamente abaixo do cavalo alado e de seu cavaleiro, a uma distância de cerca de trezentos metros. A fumaça, enquanto se arrastava pesadamente para cima, tinha um cheiro horrível, sulfuroso e sufocante, que fez Pégaso bufar e Belerofonte espirrar. Tão desagradável foi para o maravilhoso corcel (que estava acostumado a respirar apenas o ar mais puro), que ele bateu as asas e disparou uns oitocentos metros fora do alcance daquele ofensivo vapor.

Mas, ao olhar para trás, Belerofonte viu algo que o induziu primeiro a puxar o freio e, depois, a virar Pégaso. Ele fez um sinal que o cavalo alado entendeu, e este se afundou lentamente no ar, até seus cascos estarem a não mais que a altura de um homem acima do fundo rochoso do vale. À frente, o mais longe que se conseguiria atirar uma pedra, ficava a boca da caverna, com as três grinaldas gosmentas de fumaça saindo dela. E o que mais Belerofonte avistou ali?

Parecia haver uma pilha de criaturas estranhas e terríveis enroscadas dentro da caverna. Os corpos estavam tão juntos que Belerofonte não os distinguia, mas, a julgar pelas cabeças, uma dessas criaturas era uma serpente enorme, a segunda era um leão feroz e a terceira era uma horrenda cabra. O leão e a cabra estavam dormindo; a serpente estava bem acordada e continuava olhando em volta de si com um grande par de olhos ardentes. Mas, e essa era a parte mais extraordinária da coisa toda, as três espirais de fumaça evidentemente saíam das narinas dessas três cabeças! O espetáculo era tão estranho que, embora Belerofonte o esperasse o tempo todo, a verdade de que ali estava a terrível Quimera de três cabeças não lhe ocorreu de imediato. Ele havia encontrado a caverna da Quimera. A cobra, o leão e a cabra, como ele supunha, não eram três criaturas separadas, mas um único monstro!

A coisa perversa e odiosa! Mesmo tendo dois terços de si adormecidos, ela ainda mantinha, em suas abomináveis garras, o que restava de um infeliz cordeirinho ou possivelmente (mas eu odeio pensar assim) fosse um querido garotinho, que suas três bocas tinham roído, antes que duas delas adormecessem!

De imediato, Belerofonte despertou como se tivesse acabado de sair de um sonho e compreendeu que aquilo era a Quimera. Pégaso parecia saber disso ao mesmo tempo e emitiu um relincho que soou como o clamor de uma trombeta para a batalha. Com esse som, as três cabeças se ergueram e lançaram grandes chamas de fogo. Antes que Belerofonte tivesse tempo de pensar no que fazer, o monstro se lançou para fora da caverna e saltou diretamente em sua direção, com suas imensas garras estendidas e a cauda de serpente contorcendo-se venenosamente atrás de si. Se Pégaso não tivesse sido tão ágil como um pássaro, ele e seu cavaleiro teriam sido derrubados pela investida da Quimera, e assim a batalha teria terminado sem ter sequer começado. No entanto, o cavalo alado não seria pego assim. Em um piscar de olhos, ele estava no alto, a meio caminho das nuvens, bufando de raiva. Ele também estremeceu, não com horror, mas com total asco e repugnância diante daquela coisa venenosa com três cabeças.

A Quimera, em contrapartida, levantou-se para ficar absolutamente na ponta da cauda, agitando ferozmente as garras no ar e as três cabeças cuspindo fogo contra Pégaso e seu cavaleiro. Pela madrugada! Como rugia, sibilava e berrava! Enquanto isso, Belerofonte colocava o escudo no braço e puxava a espada.

– Agora, meu amado Pégaso – ele sussurrou ao ouvido do cavalo alado –, você deve me ajudar a matar esse monstro detestável, ou então voará de volta para seu solitário pico de montanha sem seu amigo Belerofonte. Pois ou a Quimera morre ou suas três bocas roerão minha cabeça, esta que adormeceu sobre seu pescoço!

Pégaso relinchou e, virando a cabeça para trás, esfregou o nariz com carinho no rosto do cavaleiro. Era sua maneira de dizer a ele que, embora tivesse asas e fosse um cavalo imortal, ele pereceria, se fosse possível à imortalidade perecer, antes de deixar Belerofonte para trás.

– Agradeço a você, Pégaso – respondeu Belerofonte. – Agora, então, vamos nos arremeter contra o monstro!

Ao pronunciar essas palavras, ele sacudiu a cabeçada, e Pégaso disparou para baixo, tão veloz quanto o voo de uma flecha, em direção à cabeça tripla da Quimera, que, durante todo esse tempo, estava se erguendo o mais alto possível no ar. Quando lhe chegou ao alcance do braço, Belerofonte fez um corte no monstro, mas foi levado para diante por seu corcel, antes que pudesse ver se o golpe havia sido bem--sucedido. Pégaso continuou seu curso, mas logo deu a volta, mais ou menos à mesma distância anterior da Quimera. Belerofonte, então, percebeu que havia quase decepado a cabeça de cabra do monstro, de forma que ela estava pendurada pela pele e parecia morta.

Mas, para compensar, a cabeça de cobra e a cabeça de leão haviam absorvido toda a ferocidade da cabeça morta, cuspiam chamas, sibilavam e rugiam, com muito mais fúria do que antes.

– Não importa, meu valente Pégaso! – gritou Belerofonte. – Com outro golpe como esse, vamos fazê-las parar de sibilar ou de rugir.

E novamente, ele sacudiu a cabeçada. Arremessando-se obliquamente, como antes, o cavalo alado disparou outro voo de flecha em direção à Quimera, e Belerofonte preparou outro golpe certeiro para uma das duas cabeças restantes, ao passar por ela. Mas, dessa vez, nem ele nem Pégaso escaparam tão ilesos quanto antes. Com uma de suas garras, a Quimera havia arranhado profundamente o jovem no ombro e danificado levemente a asa esquerda do cavalo voador com outra. De sua parte, Belerofonte havia ferido mortalmente a cabeça de leão do monstro, de forma que agora ela pendia, com seu fogo quase extinto, soltando suspiros de densa fumaça negra. A cabeça de cobra, no entanto (que era a única que agora restava), estava duas vezes mais feroz e venenosa do que antes. Disparou bolas de fogo a quinhentos metros de distância e emitiu silvos tão altos, tão desagradáveis e tão agudos que o rei Ióbates os ouviu, a quase cem quilômetros de distância, e tremeu até o trono sacudir embaixo dele.

"Que horror!", pensou o pobre rei. "A Quimera certamente vem me devorar!"

Enquanto isso, Pégaso havia novamente parado no ar e relinchado com raiva, enquanto fagulhas de uma pura chama de cristal disparavam de seus olhos. Quão diferente do fogo lúgubre da Quimera! O espírito do corcel aéreo foi despertado, assim como o de Belerofonte.

– Está sangrando, meu cavalo imortal? – clamou o jovem, cuidando menos do próprio ferimento do que da angústia dessa criatura gloriosa, que nunca deveria ter provado dor. – A execrável Quimera pagará por esse malefício com sua última cabeça!

Então, ele sacudiu a cabeçada, bradou e guiou Pégaso, não obliquamente como antes, mas diretamente para a frente hedionda do monstro. Tão rápido foi o ataque que pareceu ter havido apenas um lampejo antes de Belerofonte estar sobre seu inimigo.

A Quimera, a essa altura, depois de perder a segunda cabeça, fora tomada de ardente cólera por causa da dor e da raiva desenfreada. Ela estrebuchava tanto, meio na terra e parcialmente no ar, que era impossível dizer em qual elemento estava. Ela abriu as mandíbulas de serpente em uma largura tão abominável que Pégaso quase poderia, eu diria, ter voado direto para sua garganta, asas abertas, cavaleiro e tudo! Ao se aproximarem, ela disparou uma tremenda rajada de seu hálito de fogo, envolvendo Belerofonte e seu corcel em uma completa atmosfera de chamas, chamuscando as asas de Pégaso, queimando um lado inteiro dos cachos dourados do jovem e deixando-os mais quentes do que era confortável, da cabeça aos pés.

Mas isso não foi nada comparado ao que se seguiu.

Quando a velocidade aérea do cavalo alado o levou a uma distância de cem metros, a Quimera deu um bote e jogou sua enorme, estranha, venenosa e absolutamente detestável carcaça sobre o pobre Pégaso, agarrando-o com força e vigor, e amarrou seu rabo de serpente em um nó! Para cima voou o corcel aéreo, mais alto, mais alto, mais alto, acima dos picos das montanhas, acima das nuvens e quase fora da vista da terra firme. Mas, ainda assim, o monstro nascido da terra mantinha-se firme, e foi erguido junto com a criatura de luz e ar. Enquanto isso, Belerofonte, ao virar-se, viu-se frente a frente com a hedionda repugnância da cara da Quimera, e só podia evitar ser queimado até a morte, ou partido em dois numa dentada, segurando seu escudo. Por sobre a borda superior do escudo, ele olhava firmemente para os olhos selvagens do monstro.

Mas a Quimera estava tão louca e enfurecida por causa da dor que não se protegeu tão bem quanto a situação exigia. Talvez, afinal de contas, a melhor maneira de lutar com uma Quimera é aproximando--se dela o máximo possível. Em seus esforços para enfiar as horríveis garras de ferro no inimigo, a criatura deixou o próprio peito bastante exposto, e, percebendo isso, Belerofonte enfiou a espada até o punho naquele coração cruel. Imediatamente, a cauda de serpente desfez o nó. O monstro soltou Pégaso e caiu daquela vasta altura, enquanto o fogo em seu peito, em vez de se apagar, queimava mais forte do que nunca e rapidamente começou a consumir a carcaça morta. Assim, ela caiu do céu, toda em chamas, e (sendo já o anoitecer antes que ela chegasse ao chão) foi confundida com uma estrela cadente ou um cometa. Mas, logo ao raiar do sol, alguns moradores do campo, saindo para o trabalho do dia, viram, para seu espanto, que vários acres de terra estavam cobertos por cinzas negras. No meio de um campo, havia um monte de ossos embranquecidos, muito mais alto que um monte de feno. Nada mais foi visto da terrível Quimera!

E, quando Belerofonte alcançou a vitória, ele se inclinou para a frente e beijou Pégaso, enquanto as lágrimas fluíam de seus olhos.

– Agora volte, meu amado corcel! – disse ele. – Volte à Fonte de Pirene!

Pégaso disparou rapidamente pelo ar, mais veloz do que nunca, e chegou à fonte em muito pouco tempo. E lá encontrou o velho apoiado em seu cajado, o homem do campo dando água a sua vaca e a bela donzela enchendo seu jarro.

– Lembro-me agora – disse o velho – de que vi esse cavalo alado uma vez antes, quando eu era um rapazote. Mas ele estava dez vezes mais atraente naquela época.

– Eu tenho um cavalo de carroça que vale três desse! – disse o homem do campo. – Se esse pônei fosse meu, a primeira coisa que eu faria seria cortar suas asas!

Mas a pobre donzela não disse nada, pois sempre teve a sorte de ter medo na hora errada. Então, ela fugiu, deixou o jarro cair e se quebrar.

– Onde está a criança gentil – perguntou Belerofonte – que costumava me fazer companhia e nunca perdeu a fé e nunca se cansou de olhar para a fonte?

– Aqui estou, querido Belerofonte! – disse a criança, com candura.

Pois o menininho havia ficado, dia após dia, à margem de Pirene, esperando o amigo voltar; mas, quando percebeu Belerofonte descendo através das nuvens, montado no cavalo alado, voltou para os arbustos. Era uma criança cortês e afável, e tinha receio de que o velho e o homem do campo vissem as lágrimas derramando-se de seus olhos.

– Tu venceste! – disse ele, alegremente, correndo até o joelho de Belerofonte, que ainda estava sentado nas costas de Pégaso. – Eu sabia que tu o farias.

– Sim, querida criança! – respondeu Belerofonte, descendo do cavalo alado. – Mas, se tua fé não tivesse me ajudado, eu nunca teria esperado por Pégaso, e nunca teria subido acima das nuvens e nunca vencido a terrível Quimera. Tu, meu amado amiguinho, fizeste tudo isso. E agora vamos dar a Pégaso sua liberdade.

Ele, então, tirou a cabeçada encantada da cabeça do maravilhoso corcel.

– Estás livre, para sempre, meu Pégaso! – bradou ele, com um tom de tristeza na voz. – Tão livre quanto és veloz!

Mas Pégaso descansou a cabeça no ombro de Belerofonte, e não se deixaria persuadir a voar.

– Bem, então – disse Belerofonte, acariciando o cavalo voador –, tu estarás comigo enquanto quiseres, e iremos juntos, imediatamente, e informaremos ao rei Ióbates que a Quimera está destruída.

Então, Belerofonte abraçou o bondoso menino, prometendo-lhe voltar, e partiu. Mas, alguns anos depois, aquela criança voou mais alto no corcel aéreo do que Belerofonte já houvera voado e realizou ações mais honrosas do que a vitória de seu amigo sobre a Quimera. Por mais bondoso e afável que fosse, ele cresceu e se tornou um portentoso poeta!

Topo da montanha: depois da história

Eustáquio da Luz contou a lenda de Belerofonte com tanto fervor e animação como se estivesse realmente galopando no cavalo alado. Ao concluir, ele ficou satisfeito ao discernir, pelo semblante radiante de seus ouvintes, o quanto haviam se interessado. Os olhos deles dançavam na cabeça, exceto os de Prímula. Nos olhos dela havia, de fato, lágrimas, pois estava consciente de algo na lenda que os outros ainda não tinham idade suficiente para perceber. Embora fosse uma história infantil, o estudante havia conseguido insuflar nela o ardor, a generosa esperança e a aventura imaginativa da juventude.

– Agora eu perdoo você, Prímula – disse ele –, por toda a sua zombaria de mim e de minhas histórias. Uma lágrima paga por uma grande quantidade de risadas.

– Bem, sr. da Luz – respondeu Prímula, enxugando os olhos e dando a ele outro de seus sorrisos travessos –, certamente eleva suas ideias colocar a cabeça acima das nuvens. Aconselho você a nunca contar outra história, a menos que esteja, como atualmente, no topo de uma montanha.

– Ou nas costas de Pégaso – respondeu Eustáquio, rindo. – Você não acha que eu me saí muito bem na captura daquele pônei maravilhoso?

– Isso era tão parecido com uma de suas brincadeiras malucas! – exclamou Prímula, batendo palmas. – Eu acho que vejo você agora, nas costas dele, a três quilômetros de altura e de cabeça para baixo! É bom que você não tenha uma oportunidade de verdade de experimentar sua equitação em qualquer corcel mais selvagem do que nosso sóbrio Davi ou o Velho Centenário.

– De minha parte, eu gostaria de ter o Pégaso aqui, neste momento – disse o estudante. – Eu o montaria imediatamente e galoparia pelo país, dentro de um raio de alguns quilômetros, fazendo visitas literárias a meus irmãos autores. O dr. Dewey estaria a meu alcance, aos pés das Tacônicas. Em Stockbridge, mais longe, está o sr. James, notável para todo o mundo com sua pilha de histórias e romances. Acredito que Longfellow ainda não está em Oxbow, mas o cavalo alado relincharia ao vê-lo. Mas, aqui em Lenox, devo encontrar nosso romancista mais sincero, que criou toda a paisagem e a vida de Berkshire de modo muito realista. Para cá de Pittsfield está Herman Melville, moldando a gigantesca concepção de sua "Baleia Branca", enquanto a gigantesca forma de Graylock paira sobre ele da janela do estúdio. Outro salto de meu cavalo voador me levaria à porta de Holmes, a quem mencionei por último, porque Pégaso certamente me derrubaria no minuto seguinte e reivindicaria o poeta como seu cavaleiro.

– Não temos um autor como nosso vizinho? – perguntou Prímula. – Aquele homem silencioso, que mora na velha casa vermelha, perto da avenida Tanglewood, a quem às vezes encontramos, com dois filhos ao lado, na floresta ou no lago. Penso ter ouvido falar dele escrevendo um poema, ou um romance, ou uma aritmética, ou uma história escolar, ou algum outro tipo de livro.

– Quieta, Prímula, quieta! – exclamou Eustáquio, em um sussurro vibrante, e colocou o dedo nos lábios. – Nem uma palavra sobre esse homem, mesmo no topo de uma colina! Se nosso balbucio lhe chegasse aos ouvidos e acontecesse de não o agradar, ele só teria de atirar um ou dois blocos de papel na estufa, e você, Prímula, e eu e Pervinca, Samambaia, Flor de Abóbora, Miosótis, Mirtilo, Trevo, Prímula, Banana-da-terra, Dona-joana, Dente-de-leão e Ranúnculo... – sim, e o sábio senhor Pringle, com suas críticas desfavoráveis às minhas lendas, e a pobre sra. Pringle também..., todos seríamos transformados em fumaça e chisparíamos pelo cano da chaminé! Nosso vizinho na casa vermelha é uma pessoa bastante inofensiva, pelo que sei, no que diz respeito ao resto do mundo, mas algo me diz que ele tem um poder terrível sobre nós mesmos, estendendo-se a nada menos do que a aniquilação.

– E Tanglewood viraria fumaça, assim como nós? – Pervinca perguntou, bastante chocada com a ameaça de destruição. – E o que seria de Ben e Ursão?

– Tanglewood permaneceria – respondeu o aluno – mantendo a mesmíssima aparência que tem agora, mas ocupada por uma família completamente diferente. Ben e Ursão ainda estariam vivos e se sentiriam muito à vontade com os ossos que viessem da mesa de jantar, sem nem mesmo pensar nos bons tempos em que eles e nós tivemos juntos!

– Que bobagem você está falando! – exclamou Prímula.

Com esse tipo de conversa fiada, a turma já começara a descer a colina, agora sob a sombra do bosque. Prímula colheu um pouco de louro-da-montanha, cujas folhas, apesar de terem crescido do ano anterior, ainda estavam verdejantes e flexíveis, como se a geada e o degelo não tivessem se alternado em lançar-se contra sua textura. Desses galhos de louro, teceu uma coroa de flores e tirou o boné do aluno, a fim de colocá-lo sobre a fronte dele.

– É provável que ninguém mais coroe você por suas histórias – observou a impertinente Prímula –; então, receba isto de mim.

– Não tenha tanta certeza – respondeu Eustáquio, parecendo realmente um poeta jovem, com o louro entre seus cachos brilhantes –, de que não vou ganhar outras grinaldas por essas histórias maravilhosas e admiráveis. Quero passar todo o meu tempo livre, durante o resto das férias e durante o período de verão na faculdade, escrevendo-as para que se imprimam. O sr. J. T. Fields (a quem conheci quando estava em Berkshire, no verão passado, e que é poeta, além de editor) verá os méritos incomuns delas à primeira vista. Ele as fará ilustrar, espero, por Billings, e as levará ao mundo sob os melhores auspícios, por meio da eminente editora Ticknor & Co. E, em cerca de cinco meses a partir deste momento, não tenho dúvida de que serei considerado entre as luzes de nossa época!

– Pobre garoto! – disse Prímula, meio de lado. – Que decepção o espera!

Descendo um pouco mais, Ursão começou a latir e recebeu como resposta o "au-au" mais grave do respeitável Ben. As crianças logo viram o bom e velho cão vigiando cuidadosamente Dente-de-leão, Samambaia, Primavera e Flor de Abóbora. Esses pequenos, bem recuperados de seu cansaço, haviam começado a colher gaultérias e agora vinham escalando para encontrar seus companheiros de brincadeira. Assim reunidos, a turma toda atravessou o pomar de Luther Butler e seguiu feliz para casa, em Tanglewood.